집이야 타건 말건 바람아 불어라

답답한 세상
답답한 가슴으로
시원한
바람이 불어옵니다.

집이야 타건 말건
바람아 불어라

차영회 엮음

우리의 가락으로 시원한 바람을

김치를 싫어하고 된장 냄새를 싫어하는 어린이가 늘고 있다고 한다.

이는 비단 어린이뿐만 아니라 어른들도 부침개나 청국장보다 햄버거, 피자 등의 간편한 서양음식을 좋아하는 수가 늘고 있다는 것이다.

음식은 그 나라의 문화를 상징하는 것이다.

우리의 음식은 마늘과 고추로 만든 김치가 대표한다. 그래서 국민성도 매운 마늘을 먹고 백 일이나 기다린 웅녀를 닮아 '은근과 끈기'로 나타나는 것이 아닌가.

요즘은 어떠한가!

음식을 시키면 몇 분 안에 나와야 하고, 신호등의 파란불이 켜지기도 전에 미리 반은 건너가 있고, 한 번 해보고 안되면 금새 거둬치고, 수십 년의 인생을 다 산 것처럼 한탕주의가 판을 치고…… '빨리, 빨리'란 조급성이 현재의 우리를 나타내고 있지 않은가.

외국의 문화가 홍수처럼 범람하여 국적을 모르는 옷차림과 몸짓이 '신세대'란 미명 아래 거리를 활보하고 있으며, 개방된 외국의 성문화가 마치 수준 높은 작품인양 비판 없이 흡수 되고 있다.

치즈가 김치를 밀어내고 있는 것이다.

이 책은 단순한 유희가 아니다.

기생, 승려, 하인, 첩, 과부 같은 저층민들의 해학 넘치는 관능미 속에서 허위와 가식으로 물든 지배계층을 비판하는 선조들의 시대상과 생활상을 알 수 있는 우리의 고전이다.

한번으로 끝나는 외국의 영화나 책보다는 웃고 즐기다보면 자신도 모르게 뭔가 끈끈한 것을 느낄 수 있을 것이다.

나는 그것이 우리의 가락이자 우리의 노래라고 생각한다.

책을 읽고 나면 답답한 가슴에 시원한 바람과 시원한 가락이 머물 수 있으리라 믿는다.

1993. 8

엮은이 씀

집이야 타건 말건 바람아 불어라

•

차례

첫째마당

•

연습하고 시집을 갔더니

집이야 타건 말건 바람아 불어라

•

차례

둘째마당

•

벌거벗고 공중에 매달린 기생

집이야 타건 말건 바람아 불어라

•

차례

셋째마당

•

파리가 엉덩이를 물으니

집이야 타건 말건 바람아 불어라

•

차례

넷째마당

•

늙은 말이 콩을 마다 하랴

“

말은 해야 맛이고
고기는
씹어야 맛이다.

”

집이야 타건 말건 바람아 불어라

첫째마당

연습하고 시집을 갔더니

연습하고 시집을 갔더니

얼굴도 잘 생겼고 몸매도 날씬하여 보기에는 좋았지만 성품이 단정치 못하고 약간 모자라는 순녀라는 처녀가 살고 있었다.

순녀의 나이 열여덟이 되니 그 부모는 혼인자리를 찾았으나 마땅한 자리가 없어 애를 태웠다.

어느 날 저녁이었다.

마을 어떤 집에 아버지의 심부름을 갔다오다가 그 동네에 사는 총각을 만났다.

“야! 순녀야, 너 곧 시집 간다며?”

“보내줘야 가지.”

“그런데 너 알고 있는지 모르겠다?”

“무슨 일인데?”

“그걸 몰라서 시집가서 소박을 맞고 쫓겨온 여자가 많다더라.”

“그게 뭔데?”

순녀는 시집가서 쫓겨올 것을 생각하니 걱정이 되어 총각에게 바싹 다가서며 물었다.

“가르쳐 주는 것은 어렵지 않은데 말로는 안되는 거야.”

“그럼 어떻게 해야 하지?”

“네가 정 배우고 싶다면 이리 와봐.”

총각은 순녀를 데리고 물레방앗간으로 가서 이렇게 저렇게 하고 나서

“여자의 행복과 불행의 차이는 잠자리에서 여섯 가지의 기술을 잘 알고 있느냐 없느냐에서 판가름 나는 것인데 너는 하나도 없으니 큰일 날뻔 했다. 그러나 걱정 말거라. 내가 잘 가르쳐 줄터이니 열심히 배우면 시집 가서도 잘 살 거야.”

라면서 순녀의 등을 두드렸다.

“응 고마워, 잘 가르쳐줘. 그런데 내일 낮에도 여기서 만나서 가르쳐 줄꺼야?”

“안돼, 남들이 보면 안되거든. 내일 밤에 이리로 와.”

이리하여 순녀는 총각을 만나 매일 기술을 배우고 익히니 나날이 놀라울 정도로 능숙해 졌다.

그러던 어느 날.

순녀는 마땅한 혼처가 생겨 시집을 가게 되었다.

첫날밤 신랑이 신부의 족두리를 벗기고 옷고름을 풀며 촛불을 껐다.

순녀는 잘해서 사랑받는 아내가 되리라 마음 먹고 있는 기술을 다 했을 뿐 아니라 마음대로 흥분해서 소리까지 질렀다.

일이 끝난 후 자세를 고쳐 앉은 순녀는 신랑의 칭찬을 기다리고 있었다.

그런데 이게 웬 날벼락인가!

"너는 도대체가 처음 시집오는 처녀가 아니구나! 이미 어느 놈과 정을 통해도 수없이 통했으니 냉큼 그 놈에게 가거라!"

뜻하지 않은 호통을 들은 순녀는 놀라 펑펑 목놓아 울었다.

그리하여 순녀는 첫날밤을 지내고 그 길로 소박을 맞아 친정으로 돌아오게 되었다.

징징 울면서 친정으로 돌아오는 딸을 보며 어머니가 물었다.

"아니! 이것아, 도대체 이게 어찌된 일이냐?"

그러자 순녀는 그간에 총각과 있었던 사연을 다 말했다. 이 말을 들은 어머니는 기가 막히고 어이가 없었다.

"에그, 이 지지리도 못난 년아! 총각하고 그만큼 즐겼으면 그만이지. 어째서 첫날밤부터 그런 기술을 다 써먹었느냐?"

"아이구! 답답해. 어머니가 답답해 내가 죽겠수."

"그건 뭔 소리냐. 이것아!"

"한창 열이 올라 기분이 나는데 그게 새신랑이라는 생각이 들기나 해요. 죽 잘 맞는 총각인줄 알았지."

맛이 좋으면 나누어 먹지

어느 고을에 사이가 아주 좋은 두 처녀가 살고 있었다.

그들은 살면서 서로에 대해서 비밀이 없이 살고 있는지라

"누가 먼저 시집을 가던지 첫날밤의 일과 사는 재미를 숨김없이 자세하게 말하기로 하자."

라는 약속을 하였다.

그 뒤 한 처녀가 먼저 시집을 가게 되었다. 시집간 후 얼마가 지나서 친정으로 다니러 오게 되어 둘은 그간 지냈던 이야기로 시간 가는 줄 모르고 이야기를 나누었다.

이야기를 나누다가 시집을 안 간 처녀가

"얘! 빨리 첫날밤의 일이나 자세하게 들려줘."

라고 채근을 했다.

"첫날밤은 말 말아라. 시집온 지 하룻밤도 못 넘기고 죽는줄 알았지 뭐니."

"왜? 신랑이 그렇게 못 살게 굴더냐?"

"그게 아니라, 신랑이 손가락보다 단단한 걸로 내 몸에 생채기를 내는데 얼마나 아프기도 하고 정신이 가물가물

하는지 말로 다 할 수 없지 뭐니."

"그렇게 힘이 들면 친정으로 돌아오지 그랬니?"

"기집애, 너같으면 오겠니? 그런데 그 다음부터는 정신이 오락가락 해지면서 몸이 녹아내리는듯 구름 위로 둥실 떠 다니는 것같으니 그 맛이야 안보고 알 수가 없잖니?"

"…… 살구나 개암보다 맛있니?"

"그럼, 과일은 한참 먹으면 물리지만 그 맛은 물리지도 않고 자꾸 먹고 싶어지는거야."

"너 좋아하던 밀과하고 비교하면 어떠냐?"

"물론 밀과도 맛있지만 밀과를 하루종일 먹는 것보다 그 맛 한 번 보는 게 훨씬 좋단다."

여기까지 들은 시집 안 간 처녀는 정신이 멍하여 퉁명스럽게 말했다.

"기집애 그렇게 맛이 좋으면 나도 좀 나눠 주지."

사랑은 만병통치약

남원골에 춘향이 만큼이나 아름다운 기생이 살고 있었다.

모든 남자들이 한번 취해 보려고 온갖 수단을 다 부려 보았으나 어찌나 교묘하게 피해가는지 성공을 못했다.

한편, 그 마을에 못생겨서 놀림을 받는 오씨가 살고 있었는데 그 기생을 짝사랑하게 되었다.

여러 가지 계교를 꾸며 보았지만 근처엔 갈 수도 없었다.

그럴 즈음 기생이 학질에 걸렸는데 이약 저약 쓰고 이름 있는 의원에게 치료를 받았지만 낫지않았다.

이 소식을 들은 오씨는 한 가지 계교를 생각해

"내가 비록 생김새는 이 모양이나 학질 고치는 방법은 한양까지 소문이 나 있다."

라는 소문을 퍼뜨렸다.

소문은 금새 기생의 귀에 들어갔다. 기생이 허겁지겁 달려와 치료를 부탁했으나 오씨는 뜸을 들이다가 며칠이 지난 후 슬그머니 기생을 찾아갔다.

"나으리 빨리 학질을 고쳐주시어요."

기생은 오씨의 얼굴만 쳐다봐도 속이 울렁거렸지만 병을 고치기 위해서는 어쩔 수 없었기에 애교를 부렸다.

오씨는 짐짓 거만스럽게 말했다.

"그대가 내 말을 잘 따르면 학질을 고칠 수 있지만 그렇지 않으면 영원히 고칠 수 없을 것이니, 어찌 하겠는가?"

"학질만 고칠 수 있다면 무슨 일이든 못하오리까."

"그렇다면 내일 해가 뜨기 전에 커다란 널판지 하나와 대막대기 하나와 굵은 밧줄을 서너 발 가지고 성황당으로 나오너라. 반드시 해가 뜨기 전이어야 하며 목욕재계 하고 와야 하느니라."

"그러면요?"

"염려 말거라. 그날로 내가 학질을 치료해 주겠다."

이튿날 새벽.

기생은 오씨의 말대로 준비를 해서 일찌감치 와서 기다리고 있었다.

오씨는 기생을 널판지에 눕히고 대막대기로 양쪽 팔을 묶었다.

"어떻게 하시려는 것이오?"

이상하게 생각한 기생이 물었다.

"치료 방법이 워낙 힘이 들어 웬만한 장정도 견디지 못하니 이리할 수밖에 없느니라."

대수롭지 않게 말하면서 오씨는 기생의 옷을 벗기기 시

작했다.

더욱 의심이 들은 기생이 놀라 소리쳤다.

"아니? 이게 무슨 짓이오?"

"허허 앙탈은, 이 방법밖에 없으니, 가만히 있으면 되느니라."

기생은 의심이 들었지만 치료 방법이라니 참을 수 밖에 없었고 또, 몸이 묶였으니 어떻게 해 볼 수도 없었다.

이윽고 기생의 옷을 다 벗긴 오씨는 자신도 옷을 벗고 일을 치루기 시작했다. 그때서야 속았음을 깨달은 기생은 몸부림을 쳤지만 이미 엎질러진 물이었다.

기생은 제일 못생긴 오씨에게 수모를 당했다고 생각하니 분하고 억울했지만, 오히려 소문이 날까 걱정이 되었다.

그런데 이상하게도 학질은 그날로 치료 되었다고 한다.

손가락을 잘라 놓고 가거라

때는 삼복 더위의 여름이다.

개울에서 한 과부가 빨래를 하고 있었다.

날씨도 덥고 마침 지나가는 사람도 없어 과부는 치마를 걷어 올리고 구부려 빨래를 했다.

그때 한 총각이 그곳을 지나가다가 엉덩이를 흔들며 빨래를 하는 모양을 보니 꼭 물오른 암캐 같았다.

주위를 둘러봐도 아무도 보이지 않자 총각은 살금살금 뒤로 다가가 우악스럽게 끌어 안았다.

과부는 어쩔 수 없이 번갯불에 콩 구워 먹듯이 일을 당했다.

일을 마친 총각이 도망을 치자 과부는 빨래 방망이를 들고 소리치며 따라갔다.

"이놈! 천하에 개같은 놈아! 벌건 대낮에 이게 무슨 짓이냐!"

그러자 총각이 능청을 떨며 말했다.

"무슨 말이오. 그렇게 한 건 내 물건이 아니고 이 손가락이 그랬으니 죄를 논하려거든 이 손가락에게 물으시오."

총각이 손가락을 들어 보이자 과부는 더욱 화가 나서 말했다.

"흥! 귀신은 속여도 나는 못 속인다."

"그건 무슨 말이오?"

"네 놈 손가락은 어떻게 생겼길래 그렇게 새콤 달콤하고 짜릿하더냐? 그게 정녕 손가락이라면 잘라 놓고 가거라."

아무리 사또라고 해도

원주에 새로 부임한 사또가 있었다.

그는 매우 응큼하여, 어느 고을의 아전 딸이 매우 예쁘다는 소문을 듣고 고을을 순행한다는 핑계로 찾아갔다.

마침 아전은 밖에 나가고 없고 늙은 노파와 딸만 있었다.

사또가 보니 소문대로 천하절색인지라 크게 기뻐하여 수행하던 이방에게 그 방법을 찾도록 일렀다.

이방이 노파를 불러

"사또께서 백성들이 어떻게 사는가를 살피시느라 몸이 피곤하셔서 이곳에서 쉬었다가 가시려하니 주안상을 마련토록 하시오."

라고 돈을 주면서 일렀다.

노파가 황송해하며 급하게 술상을 준비하였다.

술잔이 몇 순배 돌자 이방이 노파에게 말했다.

"사또께서 마땅히 기생들의 시중을 받으셔야 하나 수행중이시라 그럴 수 가 없으니 딸이 있다는 소문이 있던데 잠시 나와서 술시중만 들도록 하게."

이 말을 들은 노파는 할 수 없이 딸을 불러와 사또에게 주저하며 인사를 시켰다.

사또는 술 따르는 처녀의 손을 슬쩍 잡으며 수작을 걸었으나 여의치 않자 더욱 마음만 급해졌다.

이에 이방이 군사들과 같이 딸을 강제로 사또와 함께 방으로 밀어 넣으려고 했으나 눈치를 챈 노파가 죽기살기로 덤벼 뜻을 이루지 못했다.

노파는 방으로 들어가 안에서 문을 잠궈 버렸다. 사또가 낙심하여 이방에게

"어찌하면 좋을꼬?"

라고 방법을 물었다.

"소인에게 한 가지 계책이 있사옵니다."

이방은 끈으로 사또의 목을 대들보에 걸고 거짓으로 죽은 척하라고 일렀다.

"아이고! 사또 나으리. 이렇게 돌아가시면 어찌하옵니까?"

이방은 거짓 울음을 울며 소리를 질렀다. 방 안에서 우는 소리에 놀란 노파가 밖으로 나와보니 사또가 대들보에 목을 매고 있는게 아닌가!

"사또께서 조금 전에 네 딸에게 당한 수모를 이기시지 못하여 이렇게 되셨으니 이는 네 집안과 무관타 아니 할 것인즉."

"그러면 어찌해야."

이방이 큰 소리로 나무라자 노파는 얼굴이 새파랗게 질려서 어쩔 줄을 몰라 했다.

"이 일이 조정에 알려진다면 네 집안은 도륙을 당하고도 남음이 있으리라. 그러나 다행히 사또의 명이 끊어지지 않고 실낱같이 붙어 있으니 딸의 따듯한 체온으로 하여 소생토록 하게."

노파가 처음에는 사또가 죽었다하여 놀라서 정신이 없었으나 가만히 정신을 가다듬고 보니 이방이 일을 꾸미는 것이 분명하였다.

노파는 이 기회에 사또의 버릇을 고쳐 놓고자 마음 먹고 사또의 목에 달린 끈을 힘차게 잡아 당겼다.

"아직 사또의 숨이 끊어지지 않았다면 내가 확실하게 끊어 놓고 관가에 가서 자수를 하리다. 백성들을 보살펴야할 어버이가 오히려 여염집의 규수를 함부로 겁탈을 하려고 하다니 그러고도 어찌 나라의 국록을 먹는다 할 수 있으리오. 또한 스스로 죽으려고 했으니 마땅히 죽어야 할 것이오."

숨이 막혀 죽을 뻔하다가 살아난 사또는 뒤도 안 돌아보고 도망을 쳤다고 한다.

이승에선 하인 저승에선 아버지라

강릉 고을에 우 서방이라는 자가 있었다.

그는 찢어지게 가난하여 끼니를 늘 굶다시피하며 살고 있었으나 꾀가 많아서 '꾀돌이'라고 불리고 있었다.

우 서방은 같은 마을에 사는 구두쇠 김 생원에게 돈을 빌려 썼는데 기일이 지나도 갚지를 못하고 있었다.

김 생원은 재산이 많았지만 빌려준 돈과 쌀은 악착같이 몇 곱으로 받아내는 피도 눈물도 없는 돈만 아는 사람이었다.

날짜가 지나자 김 생원의 집에서 사람이 왔다.

"여보게 우 서방, 빚은 갚을 것인가? 떼어 먹을 것인가? 못 갚으면 집이라도 내놓게."

"예예, 곧 갚겠습니다."

그러나 당장 먹을 것도 없는 판에 갚을 돈이 나올리가 만무하였다. 그래서 우 서방은 머리채를 잡히고 끌려가서 온갖 욕설과 발길질을 당하고 언제까지 갚지 않으면 집을 빼앗아 간다는 최후 통첩을 받았다.

마침내 그날이 되었다.

이번에 갚지 못하면 집을 빼앗길 것이 틀림이 없으니 우 서방은 한 가지 꾀를 생각해 내었다.

"여보, 우리가 김 생원네 돈을 갚을 길이 없으니 당신은 내가 시키는 대로 하시오. 이렇게 버티다가는 집마저 빼앗기겠오."

다음 날, 김 생원의 하인이 우 서방네 집으로 빚을 받으러 와 보니 난리가 나 있었다.

"아이구! 여보, 어린 자식을 놔두고 가시면 나는 어떻게 살라구요."

우 서방의 마누라가 어린 아이를 안고 머리를 풀어 헤치고 대성통곡을 하고 있었다. 방에 들어가보니 우 서방은 죽어서 홑이불을 덮어 놓았는데 한여름 탓인지 벌써 시체 썩는 냄새가 나는듯 했다.

"도대체 어제까지도 멀쩡하던 사람이 무슨 일이오?"

"아이구! 글쎄 이렇게 억울할 때가 어디에 있오. 오늘 생원님네 빚을 갚아야 한다고 종일 쏘다니다가 저녁 늦게 와서 식은 감자 몇 개 먹은 게 잘못되었는지 말도 한 마디 못하고 가시다니. 흐흑, 아이고! 불쌍해라! 뜨듯한 밥 한 그릇 못 먹고 죽다니, 아이고!"

우 서방의 마누라는 버럭버럭 악을 쓰며 울었다.

김 생원댁 하인은 할 수 없이 되돌아갔다.

"우 서방이 어젯밤에 급살을 했습니다요. 그래서 그냥 돌아왔습니다."

"엥, 우리 빚이나 갚고 죽을 것이지."

김 생원은 몹시 안타까운듯 중얼거렸다.

그로부터 며칠이 지난 뒤 죽었다던 우 서방이 김 생원을 찾아왔다.

"아니? 자네 죽었다더니 어떻게 된 것인가?"

"소인이 죽은 것은 사실입니다."

"아니? 그, 그렇다면?"

김 생원은 놀랍고 두려워서 뒤로 물러서며 물었다. 평소에 빚 때문에 들볶았으니 귀신이 되어 앙갚음을 할려고 나타난 것이 아닌가해서였다.

"귀신은 아니고 죽었다가 다시 살아난 우 서방입니다."

"으음, 환생한다는 말을 듣기는 했지만 보기는 난생 처음이구나. 그래 저승 구경은 했느냐?"

"네, 하구말구요. 아주 똑똑하게 보았습죠."

"그래, 어떻더냐?"

"소인이 배가 아파서 누워 있는데 밖에서 누가 부르는 소리가 들려 나가보았더니 검은 옷을 입은 저승사자였습지요. 꼼짝없이 붙들리어 어디론가 끌려 갔는데, 모든 것이 시커멓게 생긴 어마어마한 궁전에서 염라대왕 앞에 나가 재판을 받게 되었지요. 주위에서 무서운 얼굴로 서있는 사람들은 하나같이 보기만 해도 등골이 오싹한 얼굴들을 하고 있었지요. 염라대왕이 내 이름을 부르고 어떤 치부책을 살펴보더니 '너는 아직 죽을 때가 아닌데 어찌 불려 왔는고? 다시 돌려 보내라!' 하는 게 아닙니까. 그래서 나를 잡아갔던 사자의 뒤를 따라 가는데 웬 사람이 제 등허리를 꽉 잡더라구요. 귀신에게 잡히는가 싶어 기겁을 하고 돌아 봤더니 글쎄……."

"그랬더니? 그게 누구더냐?"

"글쎄 생원님의 부친이 아니겠습니까?"

"아버님이?"

김 생원은 우 서방이 작년에 죽은 자기의 아버지를 만나 보았다는 말에 다음 말을 빨리 하도록 재촉을 했다.

"자세히 보니 틀림이 없는 생원님의 부친인지라 너무 반가워 인사를 드리고 이야기를 나누는데, 행색이 말이 아니어서 물었더니 여러 날을 굶으셨다고 말씀을 하시대요. 어쩐 일이냐고 여쭈었더니 재산을 하나도 가지고 오지를 못했으니 집도 없고 먹을 것이 없어서 얻어먹는 거지 신세가 되었다고 눈물을 글썽이며 우시더라구요. 마침 제게 돈 한 푼이 있어서 드리고 왔지요."

김 생원은 자기의 부친이 저승에서 거지가 되었다는 말에 눈물을 글썽이며 다시 물었다.

"나의 선친을 뵈었다면 모친은 만나지 못하였더냐?"

우 서방은 매우 곤란한듯 주저주저 하더니

"생원님의 모친을 만나 뵙기는 하였으나……."

라고 말을 더 이상 잇지 않았다. 그러자 김 생원은 더욱 궁금하여 견딜 수가 없었다.

"무슨 일인지 모르지만 혹시나 저승 사자가 비밀을 지키라고 한 것이라면 염려 말게. 내가 듣고도 못들은 체 하면 저승 사자라도 어찌 알 수 있겠는가?"

김 생원이 거듭 재촉을 하자 우 서방은 못 이기는 체하며 말을 계속했다.

"저승 사자와 함께 오다가 목이나 축일려고 주막엘 들렀지요. 주막엔 이승에서 저승으로 잡혀오는 사람들과 저승 사자들로 가득했는데, 아, 글쎄 술을 날라온 주모가 생원님의 모친이 아니겠습니까? 소인놈이 너무 놀라고 반가와 인사를 드렸더니 저를 알아보시고는 하룻밤 묵어가라고 하시길래 하룻밤 묵으며 친 자식처럼 대접을 잘 받았습죠."

"그것참, 이승에서는 술도 안 드시던 분이 어찌하여 술장사를 하시게 되었을꼬? 그런데 혼자 사시던가 아니면 누구랑 같이 사시던가?"

"그 전에 먼저 말씀드릴 것은, 생원님의 모친께서 안으로 한번 들어가보라길래 안채로 들어갔더니 거기에 소인놈의 아비가 있지 않습니까요."

"자네 부친이?"

"네, 그래서 인사를 드리고 조금 있으려니까 누가 '여보, 아들이 왔는데 한 잔 같이 하시구료' 하고는 술을 크게 한 상 차려오는데, 봤더니 조금 전에 만났던 생원님의 모친이 아니겠습니까."

"아니? 그럼 자네 아버지와 우리 어머니가 같이 살고 있더란 말이지?"

"네, 틀림이 없더라니까요. 그래서 제가 말씀드리기가 어려웠던 게지요."

이 말을 들은 김 생원은 얼굴빛이 노래지더니 우 서방을 안방으로 데리고 들어갔다. 한참을 탄식하며 울더니 우 서방의 손을 잡고 말했다.

"여보게 우 서방, 그래도 자네가 나를 미워하지 않고 우리 부친께 돈까지 주었다니 고맙네. 이 일은 아무에게도 말하면 안되네. 자네하고 나만 알고 있어야 되네. 어쨌거나 자네 부친과 내 모친이 함께 사신다니 우리는 서로 형제간이 아닌가?"

"네네, 그렇게 말씀을 안 하셔도 저승의 일을 함부로 말했다가는 엄벌을 받을 것이라고 저승 사자가 침을 놓고 갔습니다요. 그러니 그건 염려하지 않아도 됩니다."

"고맙네. 자네의 빚은 없었던 것으로 하겠네. 그리고 이제는 남남 사이가 아니니 자주 놀러도 오게. 이 돈을 가지고 있다가 혹시 또 저승을 갈 일이 생기면 내 부친을 만나서 전해주게나."

김 생원은 우 서방에게 커다란 돈꾸러미를 내 놓았다.

우 서방은 저승 한 번 갔다온 탓으로 빚을 갚기는 커녕 돈을 받아가면서 잘 살았다고 한다.

이렇게 큰 아이가 나왔으니

성주 고을에 약간 모자라는 사람이 장가를 가서 첫아이를 얻게 되었다.

사내는 첫아들을 얻어 더 없이 기뻤으나 커다란 고민에 싸이게 되었다.

그것은

'이 아이가 내 아내의 몸을 뚫고 나왔으니 그 작은 곳이 얼마나 커졌을꼬? 그러니 다시는 아내와 사랑을 나눌 수 없을테니 이 얼마나 슬픈 일인가!'

라는 것이었다.

이런 생각으로 부부의 사랑을 일 년이 가도록 나누지 않고 있었으나 아내와 아이는 끔찍하게도 위하는 것이었다.

아들과 잘 놀다가도 머리를 만져보고는 긴 한숨만 내쉬었다.

아내는 일 년이 되도록 자신을 사랑해 주지 않자 이상히 여기던 터에 아들과 놀아주는 남편의 모습을 보고는 무슨 곡절이 있으리라 짐작을 했다. 그리고는 여종에게 이것에 대해 이야기를 해 봤다.

얼마 뒤 여종이

"사실은 나으리께서 아씨가 아이를 낳으신후 거기가 아이만큼 커졌으리라 생각하시고 계시는 듯하옵니다."

라고 말을 했다.

"그럴 리가! 벌써 일 년이 되었건만 그 동안 사랑을 한 번도 나누지 않았던 것이…… 이 일을 장차 어쩔꼬?"

"아씨, 그 일은 걱정하지 않아도 됩니다."

"무슨 계교라도 있단 말이냐?"

"네."

"무엇인데? 내가 서방님과 그 전처럼 사랑을 다시 나누는 일이라면 무엇이든 못하랴!"

여종은 여차저차한 계획을 들려주고 밤이 되기를 기다렸다.

밤이 되었다.

여종은 인절미를 가지고 사내를 찾아갔다.

"나으리! 아씨께서 밤참으로 인절미를 구워드리라고 해서 왔습니다."

"웬, 느닷없이 인절미는?"

여종은 말없이 웃으며 인절미를 잘 구워 손가락으로 구멍을 내었다.

"나으리, 이 인절미 구멍이 메워지겠습니까? 그냥 있겠습니까?"

"그거야 찰 것이 들었으니 당연히 메워지지 않겠느냐?

그런데 왜 그런 말을 묻는 것이냐?"

그러자 여종은 웃으며 말했다.

"여인의 몸도 이 인절미와 같으니 아이를 많이 낳아도 다시 좁아지는 이치는 이 떡의 구멍과 같습니다. 의심이 나신다면 오늘 저녁에 시험을 해 보시면 금방 아실 것입니다요."

그 후 사내는 예전처럼 찰떡 같은 사랑을 나누었다고 한다.

작년에 낳은 아이도 데려올껄

한 신부가 혼인날에 시어머니께 폐백을 드리게 되었다.

그런데 돌연 산기가 있더니 아이를 낳게 되었다.

너무 놀란 시어머니는 행여나 다른 사람들이 볼까봐 치마에 싸가지고 안방으로 뛰어들어 갔다.

이를 본 신부가 매우 쑥스러워하며 신랑에게 말했다.

“어머니가 저토록 손주를 좋아하실 줄 알았다면 작년에 낳은 아이도 데려올껄 그랬나 봅니다.”

손이 셋이니

성주 고을에 어느 음탕한 부인이 살고 있었다.

그녀는 이웃에 사는 총각에게 눈독을 들이고 있었으나 남편이 항상 지키고 있어서 기회가 오지 않았다.

그러던 어느 날 마침 남편이 먼 곳으로 가게 되었다.

이때다 싶어 그 부인은 총각을 유인하여 이렇게 저렇게 하여 자신의 마음을 흡족하게 채웠다.

일을 끝낸 부인은 혹시 소문이 날까 두려워 미리 관가에 강제로 당했다고 총각을 고발해 버렸다.

고발을 접수한 사또가 그 부인을 불러 물었다.

"여인의 정절은 목숨과 같거늘 어찌하여 가만히 앉아서 당하고만 있었는고?"

이에 부인이 울며

"여인네가 무슨 힘으로 남정네의 억센 힘을 당할 수 있사옵니까? 두 손으로 내 손을 잡아 꼼짝 못하게 하고 다른 손으로는 쇤네의 입을 막으니 어찌 소리라도 지를 수가 있어야지요."

제법 흐느끼며 하소연을 했다.

이 말을 들은 사또가 어이가 없어 호통을 쳤다.

"너를 덮친 사내는 손을 세 개나 가졌더냐? 그렇다면 네 손도 세 개일진데 하나는 무엇을 하였던고? 바른 대로 아뢰지 못하면 큰 벌을 받게 될 것이다."

그러자 부인이 겁에 질려

"예예, 쇤네의 한 손은 총각이 바지 벗는 일을 도와주었습니다요."

하면서 자신의 잘못을 시인하였다고 한다.

개만도 못한 팔자

청주 고을에 한 생원이 있었다.

어느 날, 그 생원은 포천으로 갈 일이 생겨서 새벽에 여종을 불러서는

"내가 오늘 포천으로 가야하니 일찍이 아침을 지어라."

라고 일렀다.

이 말을 들은 여종이 부지런히 아침을 하기 위해 돌아다니다가 주인 방에서 흘러나오는 이상한 소리를 듣게 되었다.

자기는 바쁘게 돌아치는데 주인은 길 떠난다고 아침부터 사랑을 나누니 은근히 부아가 치밀었다.

그런데 때마침 개가 마당구석에서 일을 벌이기 시작했다.

이를 본 여종은 더욱 화가 나서 소리쳤다.

"야 이놈들아! 너희들도 포천으로 갈 셈이냐?"

"……?"

머슴 배가 약손

어느 고을에 매우 음탕한 부인이 살고 있었는데 영감은 나이가 들어 기력이 쇠하여 늘 불만이었다.

마침 그 집에서 부리는 돌쇠라는 하인이 있었는데 체격이 우람하여, 보기만해도 주인 마누라는 가슴이 설레였다.

주인 마누라는 영감 몰래 어떻게 해 볼려고 했지만 좀처럼 기회가 오지 않아 속만 태우고 있었다.

어느 날, 영감이 멀리 나가게 되자 꾀를 내었다.

"아이구! 배야! 나 죽겠네, 돌쇠야 나 죽는다."

마루에서 떼굴떼굴 구르며 숨이 넘어가는 시늉을 냈다.

"마님! 무슨 일입니까? 어디가 아프시면 의원을 부를까요?"

돌쇠는 주인 마누라의 행실이 바르지 못한 것을 아는지라 모른 체 하며 의원을 부른다고 밖으로 나갔다.

그러자 주인 마누라가 큰소리로 돌쇠를 불렀다.

"야! 이눔아. 무턱대고 의원만 부르면 어떻게 하느냐? 의원이 와도 내 병은 고칠수 없느니라."

"그럼 어찌해야 합니까?"

"내 병은 내가 잘 안다. 그러니 거기 좀 앉거라."

주인 마누라는 돌쇠가 보게끔 치마를 슬쩍 걷어 올려 은근한 곳이 비치게 했다.

"내 배는 갑자기 차가워지는 병이 있어서 그럴 때면 네 주인이 문지르면 낫곤 했다."

"그럼 소인의 손으로 마님의 배를 문지르란 말입니까? 아이구! 그런 일을 어찌합니까요? 죽어도 못합니다."

돌쇠는 주인 마누라의 속을 더 태울 생각으로 능청을 떨었다.

"이눔아, 손으로 배를 문지르는게 아니라 니 배로 내 배를 문질러야 내가 낫는데 그럴 수가 없으니 나는 죽는 수밖에 없구나."

너무 속을 내보인 것같아 주인 마누라는 슬쩍 비켜가면서 돌쇠의 눈치를 살폈다.

"마님, 한 가지 방법이 있긴 하온데. 그게…… 주인 어른이 아시면 전 당장 이거 아닙니까요?"

돌쇠가 손으로 목을 자르는 시늉을 해 보이자 주인 마누라는

"그건 염려 말아라. 알리도 없겠지만, 혹 안다고 해도 사람이 죽어가서 병을 고치느라고 한 짓인데 어떻게 하겠느냐?"

라면서 얼굴에 희색을 띠었다.

"어떤 방법인지 빨리 말해라. 속이 타서 죽겠다."

"문창호지로 마님의 배를 가리고 소인의 배로 문지르면 살이 서로 닿지 않으니 주인 어른이 아셔도 화를 아니내실 겁니다요."

"오호! 그것참 좋은 생각이로구나."

주인 마누라는 벌떡 일어나 문창호지를 가지고 오더니 아랫도리를 홀렁 벗고 누웠다.

돌쇠는 주인 마누라의 배에 자신의 배를 몇 번 슬근슬근 문질렀다.

그러자 이미 달아오른 주인 마누라가

"이눔아, 배는 거기만 있다더냐 아랫배는 배가 아니냐?"

라면서 채근을 했다.

이리하다가 이렇게 저렇게 되었다.

그래도 주인 마누라는 체면이 있는지라

"이눔아, 멀쩡한 문창호지는 왜 뚫어가지고 들락날락 하느냐?"

라고 맘에도 없는 말을 했다.

그러자 돌쇠가

"마님. 그럼 소인 것은 가지고 갈까요?"

라면서 몸을 일으키는 척 했다.

이에 당황한 주인 마누라는

"이눔아, 의원이 약을 먹이고 되레 뱉으라면 병은 어찌 고치냐?"

라면서 돌쇠를 잡았다.

그런 저런 시간이 지난 후 마당을 나서는 돌쇠에게 주인 마누라가 말했다.

"돌쇠야! 네 배가 과연 약손이구나. 내가 아프면 네가 또 고쳐주어야겠다."

과연 신통하군

청주 고을에 김 초시 부부가 살고 있었다.

김 초시는 조금 모자라는 편이었고, 그 마누라는 몸이 헤프다고 소문이 나서 이들 부부는 항상 사람들의 입에 오르내렸다.

어느 날 김 초시는 마누라와 함께 처가집을 가게 되었다.

길을 가다가 나무 그늘에서 쉬고 있는데 한 건장하게 생긴 총각이 암말에게 음란한 장난을 하고 있는 게 보였다.

김 초시의 마누라가 가만히 그 총각을 훑어보니 홑바지를 세우고 서 있는 그것이 워낙 좋아보이는지라 엉뚱한 생각이 일어났다.

그때 김 초시가 그 총각에게 다가가더니 이렇게 물었다.

"자네 지금 말에게 무엇을 하고 있는 겐가?"

"말이 배가 몹시 아프다하여 약초를 넣고 있는 중이지요."

김 초시가 묻는 말에 장난기가 발동한 총각은 엉뚱한 대답을 했다.

이런 총각의 말을 들은 김 초시의 마누라는 총각을 유혹하는 한 가지의 꾀가 머리에 떠올라, 일부러 말에서 떨어져 죽는 시늉을 했다.

"아이구! 아이구, 배야! 나 죽겠네."

"이런! 이를 이를 어쩌나! 아니? 갑자기 왜 배가 아픈 것이야. 산길이라 의원도 없으니 어쩌면 좋은가?"

김 초시가 어쩔 줄 몰라하며 허둥대자 더욱 소리를 지르고 울면서 말했다.

"아까 저기 있는 총각이 말이 배가 아파서 무슨 약초를 넣는다고 하지 않았소? 가서 물어나 보구려."

"그야 말이니까 그렇겠지만 당신은 사람이 아니오?"

"아파 죽겠는데 말이고 사람이고가 어디 있어요? 빨리가서 총각이나 데려와요."

김 초시는 할 수 없이 달려가서 총각을 불러왔다. 이미 김 초시의 마누라와 눈을 맞춘 총각은 계집의 배를 슬슬 문지르며 말했다.

"너무 심하게 아파서 겉에서는 치료를 할 수가 없겠군요."

"그럼 어떻게 해야 되는가?"

"안으로 넣어야 되는데."

"그렇다면 아까 말에게 하던 식으로 손으로 넣어주면 되질 않는가?"

"깊은 병은 손으로 넣을 수가 없는 법이지요."

"그럼 무엇으로 넣어야 된단 말인가?"

"그게…… 몸으로 밀어 넣어야하니 참으로 곤란하군요."

총각이 슬그머니 몸을 빼는 척하자 김 초시의 마누라는 더 죽는 소리를 내며 남편에게 매달렸다.

"사람이 죽어가는데 체면이 중요한가요? 당신은 내가 이러다가 죽어도 좋단 말이오?"

그러자 김 초시는 아주 난처한 표정을 지으며

"할 수 없는 노릇이지. 어서 약이나 잘 넣어주게. 내가 사례는 톡톡하게 함세."

라고 부탁을 했다.

총각은 긴 끈으로 자기의 허리를 묶고 김 초시에게 멀리 나무 뒤에서 잡고 서있게 했다.

"만일 치료가 다 끝나지 않았는데 이 끈을 당기면 당신 부인과 내가 한꺼번에 죽고 말 것이니 명심하시오."

이어 곧 총각이 치료를 시작하니 정신이 혼미해진 김 초시의 마누라는 총각을 재촉했다.

"배가 조금씩 나아지고 있으니 더 빨리 치료를 하거라."

김 초시는 멀리 떨어져서 총각과 마누라가 하는 짓을 보니 꼭 뭣을 하는 것 같아 여간 불안하지가 않았다.

"혹시 뭣을 하는 것이 아닌가?"

김 초시가 고개를 삐죽이 내밀고 물었다.

그러자 총각이 짐짓 화난 목소리로 일어나는 척하며 말했다.

"괜히 바쁜 사람 붙들어가지고 병을 고쳐달라고 사정을 하더니 무슨 엉뚱한 소리요? 그럼 그만 두겠소이다."

"그게 아니라, 아니네. 어서 계속 치료를 하게."

이때 한참 열이 올라 정신이 몽롱해 있던 김 초시의 마누라가

"당신이 쓸데없는 참견을 하는 바람에 한 번이면 끝날 치료가 당신 때문에 두 번은 더 해야겠네요."

라며 신경질을 냈다.

김 초시는 마누라의 기세에 눌려 꼼짝을 못하고 있었고, 그들은 두 차례나 더 치료를 했다.

일을 끝낸 총각이 길을 떠나자 김 초시의 마누라는 기분이 좋아서 말을 했다.

"여보, 그 약이 효험이 큰가 봐요. 벌써 복통이 싹 가셨는걸요."

나도 같이 먹세

고부 고을에 아주 친한 친구가 살고 있었다.

집을 이웃하고 있는 그들은 서로의 집을 내 집처럼 드나들며 정을 나누며 살고 있었다.

그러던 어느 날.

한 친구와 그의 마누라가 사랑을 나누고 있는데 밖에서

"어험! 이 서방 있는가?"

라고 부르는 소리가 들리더니 마루로 올라오는 소리가 들렸다.

일을 벌이던 이 서방은 그 친구가 혹시 방으로 불쑥 들어올까 봐 재빠르게 일어나며

"내가 곧 돌려보내고 들어올테니 옷입지 말고 그대로 잠깐만 기다리오."

라고 말한 다음 친구를 만나러 밖으로 나갔다.

아내는 벌거벗고 누워서 남편이 곧 들어오기를 기다렸으나 한참을 지나도 기척은 없고 웬 파리떼가 기를 쓰고 덤벼들 뿐이었다.

"여보! 파리떼가 잔뜩 달라붙어 먹으려고 하니 어떻게

할까요?"

아내가 참다못해 밖에 있는 남편에게 물었다.

이 말을 들은 친구는

"아니! 이 사람 나 몰래 무슨 맛있는 것을 만들어 먹다가 나온 모양이구먼. 같이 들어가서 먹세."

라며 방으로 들어갈려고 했다.

이에 친구는 크게 당황하여

"음식은 무슨 음식! 내가 맛있는 것을 했다면 자네를 안 부르겠나?"

문 앞을 막아서며 말했다.

그러자 더욱 궁금해진 친구는 기어이 방문을 열고 들어갔다.

"아무래도 이사람이 별미를 먹고 있는 것이 틀림이 없어. 같이 나눠 먹세!"

바람 난 아내가 그린 사슴

수원 고을에 약간 모자라는 우돌이라는 사람이 절색의 아내와 함께 살고 있었다.

우돌은 아내의 미모가 너무 뛰어난지라 늘 다른 사람들을 경계하여 이웃집에 놀러 가는 것도 삼가하고 있었다.

어느 날, 우돌은 일이 생겨서 먼 곳으로 가게 되었는데, 아무리 생각해도 아내가 염려되어 마음놓고 떠날 수가 없었다.

아내가 가만히 있는다해도 난봉꾼들이 그냥 놔 두지 않을 것이 걱정이었다.

한참을 생각한 그는 아내의 그곳에 누워 있는 사슴을 그려놓고 안심하며 길을 떠났다.

우돌이 길을 떠나자 제일 먼저 찾아온 사람은 결혼하기 전에 좋아하던 총각이었다.

둘은 그간의 회포를 풀고 난 뒤 총각이 여인에게 사랑 나누기를 간청하자 여인은

"아니 되오."

라면서 거절을 했다.

"왜 그러시오? 남편도 없는데."

"남편이 떠나면서 그곳에다 사슴을 그려놓고 갔으니 탄로가 날 것이 뻔하오."

"그거라면 걱정을 마시오."

"무슨 방법이라도 있소?"

"내가 똑같이 그려 놓으면 되질않소?"

이렇게 둘은 사랑을 나누고 그림을 다시 그리고 돌아갔다.

이후에도 동네의 바람꾼이란 꾼은 다 찾아왔다가 사슴을 다시 그려 놓고 갔다.

처음에는 비슷하였지만 여러 사람의 손을 거치자 남편이 그려 놓았던 사슴과는 전혀 다르게 서 있는 사슴이 되었다.

우돌이 돌아와서 사슴을 보니 자기가 그린 사슴이 아니여서 화를 내며 따졌다.

"내가 그려 놓은 사슴하고 다르니 당신이 사내들과 어울려 무슨 짓을 한 것이 틀림이 없소."

그러자 아내는 정색을 하며 우돌에게 말했다.

"당신은 정말 어리석은 사람이군요."

"내가 어째서 어리석단 말이오? 여기 있는 사슴의 모양이 바뀌었는데 무슨 다른 말이 필요하오?"

"당신 돌아오신 것이 얼마만이지요?"

"그야 보름이 넘었지."

“당신이 떠난 뒤 나는 매일 사슴을 살폈는데 어떤 날은 일어서기도 하고 또 앉기도 하고 어떤 날은 눕기도 하더군요. 사람이 어디 누워서만 있을 수 있던가요? 사슴이라고 다를 게 없잖아요. 이런데도 당신이 나를 타박하시는 건가요?”

이 말을 들은 우돌은

“과연 당신은 얼굴도 예쁘지만 머리 또한 명철하니, 어떤 사대부라도 함부로 넘보지 못할 것이오.”
라며 아내를 칭찬하였다.

평생 공부에도 깨우치지 못한 것

높은 도술을 가진 노인이 딸만 셋을 데리고 살고 있었다.

어느 날 자신이 곧 죽게 되리라는 것을 깨달은 노인은 딸들을 불러 놓고 말했다.

"나는 머지 않아 죽게 될 것이니 소원이 있으면 지금 모두 말하도록 하여라."

그러자 큰 딸이 말했다.

"남자의 ××는 별로 쓸모가 없는 것 같으니 그것만 커다랗게 달린 남자에게 시집을 가게 해 주세요."

이 말에 노인은

"너는 아직 이치를 모르나니, 저울에 추가 없으면 쓸모가 없느니라."

라고 가르쳤다.

그러자 둘째 딸이 말했다.

"남자의 물건은 쉽게 시들으니 시들지 않는 것을 가진 남자를 만나게 해 주세요."

이 말에 노인은

"강한 것은 부러지기 쉬울 뿐만 아니라 언제나 시들지 않고 있다면 네가 그것을 어찌 막겠는고?"
라고 가르쳤다.

이번에는 막내 딸이 말했다.

"저는 언니들과 다릅니다."

"어떻게?"

"저는 강하면서도 부드럽고 부드러우면서도 강해서 내가 원하는 대로 조정되는 것을 가진 남자를 만나게 해 주세요."

그러자 노인이 길게 탄식을 하며 말했다.

"네가 비록 나이는 어리나 세상 사는 이치를 가장 많이 깨우쳤구나. 그러나 그것은 내가 평생을 공부해도 이루지 못한 것이니 어찌하겠느냐!"

배가 고프면 안되지

하동의 어느 마을에 나이 많은 노파가 딸을 하나 데리고 살고 있었다.

딸이 나이가 차서 시집을 보낸 어느 날, 남편과 같이 친정에 인사를 오게 되었다.

밤이 되어 딸 부부는 일을 치루기 시작했는데 한창 절정에 이르자 딸이

"맨날 이렇게만 한다면 나는 강남으로 가도 좋겠어요."
라고 남편에게 말을 했다.

"배고프고 다리도 아픈데 어찌 강남까지 갈 수 있소?"

"그거야 어려울 것이 없지요."

"어떻게?"

"어머니에게 밥을 해 달라서 방구리에 이고 오시라고 하면 되지요."

"가거나 말거나, 오거나 말거나."

다음 날 아침.

딸이 일어나보니 어머니가 밥을 해서 방구리에 담고 있어 이상하게 여겨

"어머니, 왜 밥을 방구리에 담고 계셔요? 어디 가시게요?"
라고 물었다.
"다 이게 에미의 마음이란다."
"예?"
"네가 강남으로 가다가 배가 고프면 어쩌냐, 내가 일찍 가서 기다릴테니 너희는 천천히 오거라!"
"……?"

쥐똥을 선사했더니

김천 고을에 매우 사이가 가까운 두 사람이 있었다.

그들은 어려서부터 같이 서당에 다니고 싸우면서 자라나 서로의 비밀이 없이 친한 친구였다.

두사람은 과거 공부를 같이 하였으나 한 친구는 급제를 하고 한 친구는 낙제를 하게 되었다.

급제한 친구는 그 고을의 사또가 되어 돌아왔다.

"이번에 사또로 오는 사람이 나와는 둘도 없이 절친한 친구이니 어려운 것이 있으면 내게 부탁을 하면 내가 힘을 써 줌세."

낙방한 친구는 마을로 돌아다니며 자랑을 하고 여러 곳에서 공술도 얻어 먹었다.

이윽고 사또가 부임을 하여 친구가 뵙기를 청하였으나 번번히 거절을 당했으며 오히려 모르는 사람보다도 구박이 심했다.

심한 배신감을 느낀 친구는

"그까짓 보잘것 없는 사또가 되었다고 십년지기를 헌신짝 버리듯 하다니! 몹쓸 인간 같으니, 언젠가는 이 빚을 갚을 테니 두고 보자!"

라며 몹시 화를 냈다.

그러던 어느 날.

마침 감사가 그 고을을 순시한다는 소문이 돌았다.

친구는 쥐똥을 구하여 하얀 가루를 묻힌 다음 사또에게

'깊은 산 속에 가게 되었는데 이상한 열매가 있어서 먹어보았더니 몸에 힘이 솟구치며 감당하기 어려운 정력이 솟아 이를 혼자 먹기 뭣하여 사또께 드리니……'라는 편지와 함께 상납을 했다.

이것을 받은 사또는 마침 감사에게 상납할 특별한 것이 없었는지라 이 쥐똥을 바쳤다.

감사가 이를 먹어보고 쥐똥인줄 알았지만 창피하여 말은 못하고 사또를 매우 괘씸하게 여기었다.

나중에 이 사실을 알게된 사또는 몹시 당황했지만 이미 엎질러진 일이라 어쩔 수 없는 노릇이었다.

사또를 골려 준 친구는 의기양양하여 그 일을 크게 소문내고 다녔다.

그러던 어느 날.

친구는 사또에게서 편지를 받았다.

'그 동안 만날 수 없었음을 매우 미안하게 생각하네. 다름이 아니라 내가 엉덩이에 종기가 생겼는데 의원에게는 창피하여 내보일수가 없으니, 그래도 자네는 나와는 친구가 아닌가, 그러니 와서 좀 봐 주었으면 하네.'

이런 편지를 받은 친구는

'흥, 그러면 그렇지, 이제야 나를 알아보는 구만!'

라고 생각하며 기분이 좋아져서 관가로 갔다.

"고맙네, 와 주어서. 엉덩이에 종기가 얼마나 심한지 앉지도 못하겠네. 자세히 좀 봐 주게."

사또가 엉덩이를 내리며 친구의 손을 이끌었다.

친구는 종기를 자세히 볼려고 얼굴을 엉덩이 가까이 디밀었다.

그때 사또가 배에 힘을 잔뜩주니 큰 방귀 소리와 함께 오물이 한 무더기 쏟아져 나왔다.

친구는 꼼짝없이 오물을 얼굴에 몽땅 뒤집어 쓰고는 놀라고 당황하여 아무 말도 못하고 있었다.

사또가 친구의 얼굴을 닦아주면서 손을 잡고 간곡하게 말했다.

"이로써 자네가 내게 선물한 쥐똥의 대가는 충분하게 치루었다고 보네. 자네는 나를 원망할지 모르나 만일 내가 자네의 친구라하여 감싸고 돈다면 공사를 어찌 구분하여 정사를 올바르게 하겠는가? 자네도 나만 믿고 글공부를 게으르게 한다면 어느 세월에 장원급제를 할 수 있단 말인가?"

이 말을 들은 친구는 크게 깨달아 열심히 공부에 힘썼다고 한다.

정승의 수염을 뽑은 부인

김 정승에게는 나이가 찬 무남독녀가 있었다.

미모가 뛰어나고 지혜가 깊어 나무랄 곳이 없는 처녀였으나 성질이 괄괄하고 고집이 세서, 자기의 비위에 거슬리기만 하면 아무 곳에서나 소리를 지르고 화를 냈다.

김 정승은 딸의 버릇을 고쳐보려고 여러 번 야단을 쳤다.

"자고로 여자가 얌전해야 되거늘 너는 어찌하여 그토록 경거망동하며 왈가닥인고! 그래서야 어디 양가집 규수라고 할 수 있겠느냐?"

"아버님, 소녀 비록 여자이기는 하나 그토록 구속이 되어 살고 싶지 않습니다. 시집을 못 가면 아버님을 모시고 같이 살 것이오니 너무 심려 마옵소서."

이토록 처녀가 완강하니 부모로서도 어찌할 도리가 없었다.

한편 이 소문은 널리 퍼져서 양반집에서는 청혼을 하는 사람이 없었다.

그러던 어느 날 매파가 통혼을 해왔다. 집안은 변변치

않으나 신랑될 사람이 워낙 출중하니 장원급제는 따놓은 당상이라는 것이었다. 또한 그 신랑될 사람이 김 정승의 딸을 원하고 있다는 것이었다.

김 정승은 썩 내키지는 않았지만 딸을 처녀로 늙힐 수가 없어서 혼인을 허락했다.

신랑은 신부의 소문을 익히 들어 알고 있는지라 한 가지 계교를 꾸몄다.

첫날밤 신부가 피곤하여 곤하게 자고 있을 때 오줌을 신부가 누운 곳에다 몰래 부었다.

새벽이 되어 먼저 일어난 신랑이

"허허, 이상한 일이로다. 어디서 오줌 찌린내가 이렇게 심하게 날꼬?"

라며 코로 냄새 맡는 흉내를 냈다.

"오줌 냄새는 무슨 오줌 냄새가 난다고 새벽부터 잠을 깨워서 이 난리를 피우는 겁니까?"

신부가 화를 벌컥 내며 신랑을 잡아 먹을 듯이 노려보았다. 그러나 그 냄새가 자기의 이불에서 난다는 것을 알게 되자 얼굴이 홍당무가 되어 고개를 숙였다.

"죄송하옵니다. 워낙 피곤하여 실례를 했나 보옵니다."

그러자 신랑이 껄껄 웃으며 달래듯 말했다.

"너무 신경 쓰지 마시오. 일부러 그런 것이 아니고 피곤하여 그런 것이니 허물이 될 리가 있소. 또한 다른 사람도 아니고 남편 앞에서 그랬으니 상관치 마시오."

그리고는 여종을 은밀하게 불러서 오줌 싼 이불을 치우게 했다.

첫날밤에 이불에 오줌을 싼 약점을 가진 신부는 신랑에게 매우 공손하게 대하였다.

신랑의 글공부가 자기보다 못하였지만 화를 내지 않고 정성껏 가르치니 쉽게 벼슬에 올랐다.

세월이 흘러 그들은 자식을 낳고 신랑이 환갑을 맞이하게 되었다.

환갑 잔치에 여러 사람이 모이자 김 정승의 딸에 대해서 말이 많았다.

"어떻게 그런 처녀를 길을 들여 이토록 현모양처로 만들었는가?"

"잠자리 기술이 아주 뛰어 났는가?"

"이럴 줄 알았다면 그때 내가 통혼을 하는 건데."

"모든 사람이 궁금해 하니 그 사연이나 좀 들어봅시다."

이렇게 많은 사람들이 조르자 정승이 된 그 신랑이 비밀을 털어 놓았다.

"내가 그때 그 처녀의 소문을 듣고 멀리서 한번 보았는데 미인이고 기지가 아주 뛰어난 듯이 보여 청혼을 하기로 결심을 했지. 그러나 성질이 나쁘다는 소문을 듣고 첫날밤에 신부 몰래 이불에다 오줌을 퍼다가 놓은 것이네. 그래서 기가 꺾여서 나한테 죽어 살아온 셈이지."

이 말을 듣자 모든 사람들이 배꼽을 잡고 웃었다. 그러나 그 정승의 부인은 평생을 속아서 살았다고 생각을 하니 분해서 견딜 수가 없었다.

그래서 남편의 수염을 잡고 당기니 몽땅 빠져 버렸다. 많은 사람들이 옆에 있었으나 갑자기 일어난 일이라 어떻게 손을 쓸 수가 없었다.

다음 날 어전회의가 열렸다.

왕이 늙은 정승을 보니 어제까지만 해도 멀쩡하던 수염이 하나도 없는 것이 아닌가!

"경은 어찌하여 밤새 그토록 변한 것이오?"

임금이 하문하시는 것이라 늙은 정승은 사실 대로 고할 수밖에 없었다.

"이런 고얀지고! 국록을 먹는 대신의 얼굴에 아녀자가 함부로 손을 대서 저모양으로 만들어 놓다니, 무엄한 지고! 사약을 내려 그 죄를 벌하도록 하라!"

임금의 추상 같은 명이니 어찌 거역을 하겠는가.

모든 가족들이 통곡을 하였으나 정승의 부인은 오히려 태연했다.

"내 죄가 커서 용서받기 어려우니 사약을 받으리라. 그러나 영감의 수염을 뽑은 일은 정말 시원하게 잘한 일이었오."

부인은 사약을 받더니 단숨에 마셔버렸다.

부인의 너무도 당당한 태도에 놀란 금부도사는 사실 그대로를 임금께 아뢰자

"허허허, 소문대로 영상보다 뛰어난 여걸이로다."
라고 웃으며 술을 한 잔 내렸다고 한다.

사실 먼저 내린 사약은 보약이었다.

세상에서 제일 가는 의원

강원도 정선에 한 과부가 있었다.

그 옆집에는 노래 잘하고 미모가 뛰어나 널리 소문이 난 기생 매월이가 살고 있었다.

어느 무더운 여름날이었다.

매일 왁자지껄하던 매월의 집이 너무나 조용하여 웬일인가 싶어 창문으로 방 안을 엿보았다.

방 안에는 벌거벗은 매월이와 역시 벌거벗은 어떤 사내가 사랑을 나누고 있었는데 너무 눈이 어지러워 숨이 막힐 지경이었다.

침을 꼴깍꼴깍 삼키며 구경을 하던 과부는 치솟는 욕정을 억제하지 못하여 앓는 소리를 내다가 집으로 돌아와 앓아 눕게 되었다.

과부가 병이 났다는 소문이 나자 여러 의원이 다녀갔으나 백약이 무효이고 과부의 앓는 소리는 깊어만 갔다.

혀가 굳어서 끙끙거리기만 할 뿐 말도 못하고 누워 있으니 보는 사람들도 그 사연을 알 수가 없었다.

이 소식을 들은 이웃에 사는 한 노파가 찾아왔다. 이 노파 역시 젊어서 과부가 된 여인인지라 분명히 어떤 곡절이 있을 것이라고 짐작을 했다.

"말이 안 나오면 글로 써 보이게."

노파의 말에 과부는 자기가 보았던 광경을 글로 자세하게 적었다.

이 글을 읽은 노파는 웃으며 말했다.

"이 병은 내가 젊었을 때 한번 걸린 적이 있어 치료하는 방법을 알고 있네. 그러니 걱정하지 말게."

노파는 마을로 가서 돌쇠라는 힘이 좋고 건장한 사내를 구해서 과부의 방으로 들여보냈다.

돌쇠를 맞이한 과부는 몇 일을 굶었음에도 수차례의 사랑을 열정적으로 나누더니 얼굴에 화색이 돌고 비로소 말이 트였다.

"세상에서 제일 가는 의원은 바로 자넬세."

잘 좀 맞춰야지

한 나그네가 길을 가다가 날이 저물어 어느 집에 묵게 되었다.

나그네가 윗방에서 막 잠이 들려고 하는데 주인 부부의 소곤소곤 거리는 소리가 들려왔다.

"여보, 어젯밤에 하던 것 한 번 더 합시다."

"윗방에 나그네가 시끄럽지 않을까요?"

"벌써 잠이 들은 듯하니 어서 합시다."

"자, 그럼 얼른 합시다."

"잘 좀 맞춰봐요. 당신은 매일 해도 매일 못 맞추세요."

"그게 아니라 어제보다 더 넓어진 것 같으니 임자가 손으로 쥐어 넣어 봐요."

"그걸 내가 어떻게 쥐어요."

여기까지 들은 나그네는 더 이상 참을 수가 없어서 손가락으로 문구멍을 내어 들여다 보았다.

주인 부부의 뒤엉킨 알몸을 잔뜩 기대했던 나그네는 나무를 깍아 소반을 만들고 있는 모습에 크게 실망을 했다고 한다.

내가 세 살 먹은 어린아인 줄 아나?

밤나무골 안 생원은 재산이 많아 여러 하인을 부리고 살고 있었으나 약간 모자라는 양반이었다.

그의 마누라는 미모가 뛰어나고 색을 밝혀 집에서 부리는 머슴과 붙어서 남편 몰래 정을 통하곤 했다.

어느 날, 안 생원의 마누라가 머슴과 뒷산에서 한참 열을 올리며 사랑을 나누고 있는데 남편이 나타났다.

안 생원의 마누라는 기겁을 하고 얼른 치마를 뒤집어 썼다. 그리고는 머슴보고 저리로 가라는 손짓을 하도록 했다.

머슴이 손을 흔들자 안 생원은 씨익 웃으면서 자리를 비켜주었다.

안 생원의 마누라는 머슴과 실컷 사랑을 나눈 다음에 산에서 내려왔다.

저녁에 안 생원은 그 머슴을 불러 말했다.

"어때 내가 자리를 잘 비켜 주었지? 그 여자가 그것을 안 다면 얼마나 무안하였겠느냐?"

"나으리가 참 잘하셨습니다요."

그날 밤.

안 생원은 마누라에게 속삭였다.

"글쎄, 오늘 낮에 뒷산엘 갔더니 머슴 녀석이 어떤 여자와 붙어 있더라구. 내가 훼방을 놓을까 하다가 그냥 피해주었지. 아무리 머슴이라도 가끔씩은 눈 감아 주는 것도 있어야지. 어때 잘했지?"

"그럼요. 당신은 양반인데 머슴이 노는 것을 얘기하면 남들이 욕해요. 아무한테도 이 말은 하지마세요."

"그렇게 당부하지 않아도 다 알아. 내가 어디 세 살 먹은 어린아인가!"

물고기가 칼로 보이니

청풍 고을에 사는 한 어린 처녀가 시집을 갔다.

얼마 후에 친정에 다니러오자 유모가

"아가씨, 생전 처음인 그 맛이 어때요?"

라고 짓궂게 물었다.

"글쎄, 맛이 있기는 있는 것 같은데 아직은 무슨 맛인지 모르겠어요."

"아가씨의 나이 열여덟인데 아직 그 맛을 모른데서야 말이되나요. 흥이 날 때면, 눈이 있으되 태산이라도 보지 못하고, 귀가 있으되 천둥소리라도 듣지를 못하는 법인데."

그러자 처녀가 얼굴을 붉히며

"유모의 말이 너무 지나쳐요. 난 아직 그 참맛을 모르겠는 걸요."

라고 말했다.

"그럼 아가씨가 그 맛을 제대로 아는지 모르는지를 내가 맞춰볼테니까 내가 시키는 대로 해 봐요."

"어떻게?"

"신랑하고 일을 치룰 때 내가 어떤 물건을 보일테니까

그것이 무엇인지 알아맞춰 봐요."

"알았어요."

두 사람은 그런 약속을 하고 어느 날 처녀는 신랑과 그 일을 치루게 되었다.

숨어서 지켜보던 유모가 물고기를 들어 보였다.

드디어 일이 끝난 후 유모가

"내가 보이던 것이 무엇이었지요?"

라고 물었다.

"그것도 모를까, 그건 칼이던데요."

라고 처녀가 자신있게 대답했다.

이에 유모가 웃으며 말했다.

"아가씨는 제대로 그 맛을 알고 있으니 걱정이 없겠네."

귀 깨물린 기생

월성에 나이는 열여섯 살이었으나 미모가 뛰어나고 문재에도 능해서 널리 이름이 알려져 있는 매월이라는 기생이 있었다.

매월은 관아에 있는 같은 또래의 동자와 깊은 사랑에 빠져 있었는데, 그가 아버지를 따라 고향으로 돌아가게 되어 이별을 하게 되었다.

"꼭 아버지를 따라서 집으로 가야 해요?"

"도망이라도 쳐서 그대와 같이 있고 싶지만."

"그럼 나는 어찌하라고, 흑흑."

둘은 다시는 못 만날지도 모르는 이별을 앞에 두고 밤을 꼬박 새워 사랑을 나누었다.

다음 날.

매월은 울면서 동자의 뒤를 한나절 따라갔다.

그러나 더 이상 갈 수 없게 되자 동자가

"언제 다시 만날 기약은 없겠지만 이것으로 정표를 삼으시오."

라고 입고 있던 옷을 벗어 주었다.

동자와 헤어져서 집으로 돌아오던 매월은 길을 잘못 들어 깊은 산으로 들어갔는데 날이 저물었다.

쉬어갈 인가를 찾아 헤메다보니 멀리 절이 보였다.

매월은 '여자 혼자서 늦게 절간으로 갈 수 없으니 이 두루마기를 입고 가야겠다.' 라며 남자 차림으로 절로 갔다.

절에 이르니 여러 중들이 나오며

"이 깊은 산 중에 어인 일로 이처럼 아름다운 어린이가 왔는고!"

라며 다투어 반기었다.

산 중의 절에 어린이가 찾아오면 중들이 돌아가면서 품고 자는 것이 숨겨진 사실이었으니 서로가 자기가 데리고 자겠다고 나섰다.

그러자 한 나이 많은 중이

"그렇다면 네가 어느 스님과 잠을 잘 것인지 선택하도록 하여라!"

라고 권했다.

매월은 중들이 불심이 깊어 고기맛을 모르겠지만 그래도 혹시나 하는 걱정에, 그 중에서 나이가 가장 많은 중을 택했다.

얼굴에 죽음꽃이 드문드문 핀 것으로 보아 기력이 없을 것이라는 판단에서였다.

"저는 이 선사님과 같이 자도록 하겠습니다."

그러자 여러 중들이 입을 떡 벌리며 놀랬지만 이미 결정

된 일이라 포기하고 돌아갔다.

밤이 깊었다.

늙은 중은 매월의 몸을 부둥켜 안고 좋아서 어쩔 줄을 몰라했다.

그런데 매월이 가만히 보니 늙은 중의 양기가 젊은이 못지 않아 은근히 음심이 동했다.

매월은 스스로 흥분하여 중의 것을 자신의 몸 속으로 밀어넣었다.

예기치 못했던 뜻밖의 일이 벌어지자 당황한 늙은 중은 얼떨결에 매월의 귀를 깨물고 말았다.

매월은 놀라기도 하고 부끄럽기도 하여 그 길로 도망을 쳤다고 한다.

처와 첩은 다르다

정암 고을에 한 늙은 정승이 있었다.

그는 나이가 육십이 넘었는데도 젊고 아름다운 첩을 얻어 매일 그 첩의 치마폭에 묻혀서 살았다.

어느 날.

정승은 오랜만에 부인을 찾아와

"여보, 나도 이제는 죽을 날이 얼마남지 않은 모양이오. 나날이 흰머리만 늘어가니. 이 흰머리나 좀 뽑아주구려." 라며 무릎에 누웠다.

이 말을 들은 정승 부인은 매일 젊은 계집과 희희낙낙 놀아나며 이제 힘이 없어지니까 와서 겨우 한다는 소리가 흰머리털이나 뽑으라고하니 은근히 부아가 치밀었다.

그래서 검은 머리를 몽땅 뽑아 버렸다.

정승이 일어나 거울을 보니 검은 머리는 하나도 없는 완전한 백발 늙은이가 되어 있었다.

기가 막힌 정승은 혀를 끌끌 차며 중얼거렸다.

"이래서 마누라와 첩은 다르단 말이야."

하인을 시켜서 할테지

영남 감사가 어느 산골로 백성들의 사는 모습을 살피러 나갔다.

시골에 감사의 행차가 있자 많은 사람들이 나와서 구경을 했다.

"신수가 훤한 게 선관처럼 보이네."

"우리는 죽어도 저런 말 한 번 타보지 못 할 걸세."

"그러니 사람은 팔자를 잘 타고나야 하는 것이여."

구경 나온 사람들이 한 마디씩 했는데 한 사람이 전혀 다른 말을 했다.

"저렇게 높은 양반들도 부인하고 잠자리에서 그런 짓을 할까?"

"임금도 하신다는데 사또라고 안하겠나?"

"아닐세. 저렇게 귀하신 양반이 어찌 그런 일을 하는데 힘을 쓰시겠나?"

"그럼?"

"높은 양반들은 하인이 많으니까 아마, 하인이나 병방비장을 대신 시킬걸세."

수절도 수절나름

진천 고을에 일찍이 남편을 여의고 자식도 없이 살고 있는 젊은 과부가 있었는데 몸가짐이 어찌나 바르던지 그 소문이 그 일대에 자자하게 퍼져 있었다.

어느 무더운 여름날이었다.

날이 저물었는데 늙은 중이 와서 하룻밤 재워 줄 것을 간청하였다.

과부는 부탁을 들어주고 싶었으나 드릴 음식도 없고 단칸방인지라 정중하게 거절했다.

"남정네 없이 사는 집이라 재워 드릴 곳이 없으니 죄송합니다."

그러나 늙은 중이 다시 간청을 했다.

"날은 저물었는데 이 늙은 것이 어디로 가겠소? 늙은 중 하룻 저녁 재워 주었다고 험담할 사람이 어디 있겠소? 부디 자비를 베푸시길 바랍니다."

"정이 그러시다면."

과부는 늙은 중을 방으로 모시고 감자를 쪄서 정성껏 대접했더니 배가 몹시도 고팠던지 아주 맛있게 먹었다.

과부는 여름이었으나 옷을 벗지도 못하고 윗목에서 자고 늙은 중을 아랫목으로 자게 했다.

늙은 중은 자리에 눕자마자 옷을 훌훌 벗어 제치더니 네활개를 펴고 코를 골며 잠이 들었다.

과부는 날씨가 더운탓도 있었지만 남편과 사별을 하고 처음으로 사내와 한방에서 잠을 자게 되는지라 이리 뒤척 저리 뒤척하면서 잠을 이루지 못하고 있었다.

그런데 한참을 자던 늙은 중이 벌건 다리를 과부의 배 위에 올려 놓았다.

과부는 공손하게 중의 다리를 들어 내려 놓았다.

그러자 이번에는 손이 과부의 터질듯한 가슴 위에 얹혀졌다. 과부는 가슴이 두방망이질 했으나

"스님이 하루종일 탁발을 다니시느라 피곤하신가 보네." 라면서 공손하게 손을 내려 놓았다.

이러다가 날이 밝자 과부는 일찍 일어나 밥을 지어 늙은 중을 대접했다.

밥을 다 먹고 난 뒤 늙은 중이 부탁을 했다.

"볏짚이 있으면 조금만 가져다 주시오."

"무엇에 쓰시게요. 스님?"

"내가 지극한 대접을 받았으니 그냥 갈 수가 있나요. 가마니나 하나 짜주고 가지요."

과부가 볏짚을 가져오자 늙은 중은 가마니를 익숙한 솜씨로 짜더니 과부에게 주면서

"내 작은 정성이니 이것을 받아 주시오."
라면서 홀연히 떠나갔다.

과부는 가마니에 담을 곡식도 없는지라 구석에 그냥 두었다가 얼마 뒤 생각이 나서 가마니를 들여다 보았는데 이게 웬일인가!

가마니에 쌀이 가득 있지 않은가!

너무 놀라서 쌀을 퍼 보았더니 다시 하나가득 생기는 것이었다.

이래서 과부는 가마니 하나로 양식걱정은 하지 않고 살게 되었다.

한편, 이웃 마을에 욕심이 많고 사내를 밝히는 과부가 이 소문을 듣게 되었다.

그 과부는 '그 중이 나한테 오기만 하면 끝내 줄텐데' 라면서 잔뜩 벼르었다.

그러던 어느 날, 해질 무렵에 늙은 중이 와서 재워 줄 것을 부탁했다.

과부는 이런말 저런말 없이 맨발로 달려나가 중을 방으로 모시고 왔다.

그리고 고기와 술까지 곁들인 저녁상을 준비하였더니 늙은 중은 아주 맛있게 다 먹었다.

방이 세 칸이 있었으나 이 과부는 굳이 늙은 중과 한방을 같이 쓸 것을 고집하여 그렇게 했다.

한겨울인데 과부는 옷을 훌훌 벗고 자고 중은 옷을 잔뜩

껴입고 잤다.

밤이 깊어 과부는 중이 다리를 얹어오기를 기다렸는데도 쿨쿨 잠만 자고 있으니 기다리다 못해 과부가 먼저 다리를 슬쩍 올려 놓았다.

그러자 중이 슬며시 과부의 다리를 내려 놓았다.

이번엔 중의 손을 찾아 자기의 가슴에 얹어 놓았으나 중은 거들떠보지도 않았다.

이러다가 날이 밝는 줄도 모르고 과부는 그만 늦잠을 자버렸다.

해가 높이 뜬 것을 알고 과부는 허겁지겁 아침을 준비하여 중을 대접하였다.

아침을 다 먹고 난 중이 부탁을 했다.

"좋은 대접을 받았으니 보답을 해야할텐데 볏짚 몇 단만 가져다 주시오."

과부는 말이 떨어지기가 무섭게 준비해 놓았던 볏짚을 한짐 가져다 주었다.

가마니 두 개는 만들 만큼의 많은 양이었으나 금새 하나를 만들더니 홀연히 사라졌다.

과부는 크게 기뻐하여 가마니 속을 들여다 보았더니 이게 웬일인가!

있어야 할 쌀은 없고 사내의 양물이 하나 가득 있는 것이 아닌가!

너무 놀란 과부는 가마니를 덮었지만 양물은 계속 늘어

나서 광을 채우고 이웃고는 집안 가득하게 되었다.

그 후 과부는 마음을 고쳐 먹고 잘 살았다고 한다.

기분이 좋은데 소금장수인지 뭔지

개성 고을에 욕심이 많기로 소문이 난 김 초시 부부가 살고 있었다.

김 초시는 어찌나 인색하고 심술이 많던지 밥이 쉬어 개를 주어도 이웃 사람에게는 주지를 않았다.

그러던 어느 날.

소금 장수가 와서 하룻밤 재워 줄 것을 요청하였다.

"우리집은 워낙 가난하고 좁아서 손님을 재워 드릴 수가 없소이다."

"헛간이라도 좋으니 하룻밤만 묵을 수 있도록 하여 주시면 고맙겠습니다."

"정 그러시다면 소금이나 한 가마니 내려 놓으시오."

소금 장수는 어이가 없었으나 산 속이라 짐승이 무섭고 날은 어두운지라 그렇게 할 수 밖에 없었다.

밤이 되었는데 김 초시가 마누라에게 물었다.

"여보 내가 갑자기 송편을 먹고 싶은데 오늘 밤에 해서 같이 먹으면 어떻겠소?"

"나그네가 있으니 쌀가루가 많이 들지 않겠어요?"

"그야 몰래 해 먹으면 되지."

"어떻게요?"

"내가 바지가랑이에 끈을 묶고 잘테니 송편이 다 되면 살짝 당기면 되질않소?"

"그거 참 좋은 생각이오."

옆 방에서 이 말을 다 들은 소금 장수는 괘씸한 생각이 들어 한 가지의 꾀를 생각해 내고 자는 척하고 누워 있었다.

김 초시는 방문을 열어 소금 장수가 자는 것을 확인한 다음 바지에 실을 매어놓고 누워 있다가 자신도 모르게 잠이 들고 말았다.

소금 장수는 얼른 실을 자신의 바지에 매고 기다리고 있었다.

얼마가 지나자 밖에서 끈을 당겼다.

소금 장수는 가만히 일어나서 낮은 목소리로 김초시 마누라에게 말했다.

"등불이 밝으면 소금 장수가 잠을 깰지도 모르니 어서 불을 끄시오."

"어두우면 어떻게 떡을 먹어요?"

"어둡다고 떡이 입으로 안 들어 가겠소."

불을 끈 다음 둘은 서로 송편을 먹여주기도 하면서 맛있게 먹었다.

송편을 다 먹고 난 소금 장수는 말없이 김 초시의 아내를 이끌어 뜨거운 사랑을 서너 번 나누었다.

김 초시의 아내는

"호호, 송편이 효험이 있나보군요. 오늘 밤에 당신은 아주 멋졌어요."

라고 만족해 하며 깊은 잠 속으로 빠졌다.

날이 밝아오자 소금 장수는 소금을 한 바가지만 남겨놓고 길을 떠났다.

닭 우는 소리에 잠을 깬 김 초시는

'날이 밝을 모양인데 어찌 아직도 송편 먹으라는 소식이 없는 것인가!'

이상하게 여기며 바지를 보니 있어야 할 끈이 없는 게 아닌가!

급히 마누라를 찾으니 세상 모르고 자고 있었다.

"여보! 여보! 송편은 안 주고 왜 잠만 자고 있는 거요?"

그러자 김 초시의 마누라는 짜증이 섞인 목소리로 신경질을 냈다.

"무슨 뚱단지 같은 소리를 하는지……."

"준다던 떡은 안주고 잠만 쿨쿨 자니까 하는 소리 아니요?"

"아까 떡 실컷 드시고 나를 이렇게 초주검으로 만들어 놓더니 또 생각이 있어서 그러시오? 나는 졸려 죽겠으니 내일 밤에 다시 합시다."

"이게 무슨 귀신이 씨나락 까 먹는 소리요? 내가 언제 떡을 먹고 또 사랑놀음은 뭐요?"

그제야 정신이 든 김 초시의 마누라는 밤에 있었던 일을 모두 말했다.

김 초시는 어이가 없고 화가 나서

"아니! 소금 장수하고 남편도 구분을 못하나?"

라고 소리를 질렀다.

"어쩐지 이상하기는 이상했는데."

"뭐가?"

"꼭 당신이 젊었을 때하고 같더라니까. 힘이 얼마나 세던지."

"그렇게 이상했으면 나를 깨웠어야지?"

그러자 가만히 당하고만 있던 김 초시의 마누라가 도리어 화를 냈다.

"한참 열이 오르는데 그게 당신이 송편을 먹고 힘이 나는 줄 알았지 소금 장수인지 알았어?"

집이야 타건 말건 바람아 불어라

둘째마당

벌거벗고 공중에 매달린 기생

벌거벗고 공중에 매달린 기생

전주에 이름 난 옥향이라는 기생이 있었다.

그는 미모가 뛰어나고 요염하게 생겼을 뿐만 아니라 사내들을 녹이는 기술이 좋아서 많은 사내들을 울렸다.

그 기생에게 걸린 사내치고 홀려서 재산을 빼앗기지 않은 사내가 없었으니 그 소문이 널리 퍼져 있었다.

오 진사도 그 중의 한 사람인데 그는 많은 재산을 탕진하게 되자 친구인 박 선달을 찾아가서 호소를 했다.

"여보게,이거 억울해서 살 수가 있나?"

"허허, 이사람아. 그러길래 애초에 그런 곳엘 가지 말았어야지."

박 선달은 벼슬을 하지 않고 초야에 묻혀 사는 사람이었으나 봉이 김 선달처럼 익살과 지혜가 뛰어난 사람이었다.

"그러지말고 자네가 나 대신 복수를 좀 해 주게."

"자네의 소원이 정 그렇다면, 할 수 없지. 그건 그렇고 자네 아직도 논 문서가 남은 것이 있는가?"

"조금 있기는 하네만, 그건 왜?"

"술값이 없으니 그거라도 잡혀서 그 기생과 술을 먹어야

하질 않겠나."

"아니? 이 사람이? 복수를 해 달랬더니 오히려!"

"걱정 말게나. 자네가 잃은 재산만큼 찾아올테니."

오 진사에게서 논 문서를 받은 박 선달은 옷을 말끔하게 차려입고 옥향이가 사는 동네를 찾아갔다.

"이곳에서 제일의 명기가 누구입니까?"

이렇게 물으니 기생 누구라고 대답하며 집까지 알려 주었다. 밤이 되기를 기다린 박 선달은 일부러 술이 크게 취한 척하고 옥향의 집 앞에서 슬쩍 넘어졌다.

기생이 가만히 살펴보니 논 문서를 차고 있는 것이 시골에서 제법 돈푼께나 있는 유생 같아 보였다. 그래서 방으로 데리고 가서 간호도 하고 깨어나자 술 상을 잘 차려서 대접을 했다.

밥과 술을 배불리 먹고난 박 선달은

"나는 남쪽 지방에 사는 유생인데 내가 과음을 하여 길바닥에 쓰러졌었나 보오. 그대가 아니었더라면 큰 일을 당할 뻔했으니 무슨 보답이라도 해야겠네만 지금은 가진 것이 없고, 내일 쌀이나 한 바리 실어 보내 주겠소."

라고 거짓말을 했다.

이 말을 들은 기생은 '너는 나한테 잘 걸렸다'라는 생각으로 교태를 부렸다.

"몸도 피곤하실텐데 오늘 밤은 여기서 주무시고 가시지요?"

박 선달은 못 이기는 체하고 기생과 같이 잠자리에 들었다.

잠자리에 들어보니 과연 뭇 사내들을 홀리고도 남을 온갖 기술을 가지고 있음에 박 선달은 정신이 아찔했다.

한바탕 회오리가 지난 다음 정신을 차린 박 선달은 넌지시 물었다.

"내가 한양에서 배운 재미있는 방법이 있는데 한번 해보지 않겠나?"

"어떤 방법인지는 모르지만 가르쳐 주세요."

"좋아. 그네방아찧기라는 놀이인데 한양에서 이름 난 대감들만 즐기는 방법이라네. 가서 명주 한 필만 가져다 주겠나?"

기생은 곧바로 명주를 구해왔다.

박 선달은 기생을 묶은 다음 대들보에 매달고 올렸다 내렸다 하면서 일을 치루기 시작했다.

기생은 처음 당하는 일이라 너무 기분이 좋아

"아이구! 나 죽네. 아이구! 나 죽네."

라는 소리를 연방 질러댔다.

박 선달은 이때다 싶어 기생을 천장에 매달아 놓고 일을 중단했다.

"아니? 선비님. 빨리 하지질 않구요. 죽다 말겠네."

그러자 박 선달은 느긋하게 딴전을 피우며 말했다.

"힘이 이렇게 드니 갈 때 노자돈도 떨어졌는데 아껴야

되지 않느냐."

"노자돈은 저기 장롱 속에 있으니 가져 가시고 빨리 해 주셔요."

이렇게 하기를 수차례, 기생은 죽어가는 소리를 수없이 냈고 박 선달은 넉넉한 돈을 챙기게 되었다.

일이 끝나고 돈을 다 챙긴 박 선달은 기생을 대들보에 매달아 놓은 채로 몸에 촛불을 꽂아 놓고 나와 버렸다.

기생은 촛물이 알몸뚱이로 흘러내리니 뜨거워서 견딜 수가 없어서

"불이야!"

라고 소리를 질렀다.

놀란 이웃 사람들이 물을 가지고 뛰어왔으나 집에는 불이 나지 않았고 계속 방에서만 '불이야!'란 소리가 들리자 방문을 열고 물을 퍼부었다.

기생은 알몸으로 대들보에 매달린 채 물만 흠뻑 뒤집어 쓰고 말았다.

키질하는 개

경상도 어느 고을에 한 부부가 낮에 음심이 발동하여 사랑을 나누게 되었다.

그들의 사랑이 한창 무르익어 갈 즈음 마침 밖에서 놀던 아들이 들어왔다.

"얘, 빨리 밖에 나가서 놀아라!"

아버지가 소리를 치자 아이가

"어머니 하고 아버지는 뭐 하시는데요?"

라고 물었다.

"이 녀석이 별 걸 다 묻고…… 이따가 알려줄께."

"싫어요. 지금 안 알려주면 안 나가고 여기서 구경할 거에요."

아들이 막무가내로 우기자 아버지는

"이건 어른들만 하는 키질이란다."

라고 대답했다.

아이가 그 말을 듣고 나가자 둘은 다시 사랑에 열중하기 시작했다.

그때 이웃에 사는 사람이 찾아왔다.

"아버지 계시냐?"
"방에 어머니랑 함께 계셔요."
"뭘 하고 계시냐?"
"키질을 하고 계십니다."
"키질? 그게 뭔데?"
아이가 어떻게 설명을 해야될지 몰라서 어물어물하고 있는데, 마당 구석에서 개가 교미를 하는 것이 보였다.
아이는 그 개를 가리키며 말했다.
"지금 저 개들도 키질을 하고 있잖아요."

밭 가는 어사

평양에 옥향이라는 기생이 있었다.

그는 춤 잘 추고 시 잘 짓고 색기가 뛰어나다고 널리 소문이 자자했다.

평양감사가 옥향이와 어울려 세월만 보내고 민정은 돌보지 않으니 백성들의 원성이 높았다.

한편 조정에서는 이와 같은 소식을 듣고 왕이 크게 노하여 암행어사를 파견하여 자세한 내막을 알아보고 그 잘못을 바로 잡도록 하였다.

허민이 어사를 제수받아 평양에 이르러, 역졸들을 모일 모시에 평양 감영으로 모이게 하고는 혼자서 길을 갔다. 그렇게 반나절을 걷다 보니 목도 마르고 지쳐서 쉴만한 주막을 찾아 들어갔다.

"여보게 주모, 여기 술 한 사발만 주게."

허민이 술을 청하자 심부름 하는 아이가 술상을 보아놓고 조금 있으려니 흰 모시옷을 곱게 차려 입은 여인이 나풀나풀 와서 술을 따랐다.

허민이 술을 마시면서 여인을 가만히 훑어보니 얼굴은

양귀비인데 모시옷 속에 보일듯 말듯 숨겨진 두 봉오리가 사람을 홀리는 듯 했다.

넋을 빼앗긴 허민은 한 잔 두 잔을 연거퍼 마시니 주흥이 무르익어 여인과 시로 화답을 하며 어두울 때까지 술을 마시게 되었다.

"나으리, 술이 다 떨어졌으니 오늘은 이만 돌아가시지요."

여인이 자리를 걷으며 일어나자 허민이 옷자락을 잡았다.

"무슨 말이오. 이제 흥이 나기 시작했는데. 내가 아이에게 술을 더 구해오라고 이르리다."

아이가 술을 구하러 밖으로 나가자 허민은 여인에게 은근한 수작을 걸었다.

"내가 그대의 향기에 취하여 과음을 하여 일어설 수조차 없으니 오늘 하룻밤만 여기서 재워주는 게 어떻겠소?"

그러자 여인이 정색을 하며 거절했다.

"쇤네가 비록 술을 팔고 있으나 남녀가 유별한데 여자만 있는 집에 남정네를 묵게할 수 있습니까?"

이렇게 되니 허민은 더욱 조급해지고 달아올라서

"내 비록 가진 것은 없는 일개 서생이나 어찌 그대처럼 아름다운 여인에게 헛된 말을 하겠소. 내가 오늘 일을 기억하고 그대를 영원히 잊지 않을 것이오."
라고 맹세까지 하게 되었다.

그제서야 비로소 여인이 웃으며 허락하였다.

"손님께서 그토록 간청을 하시고 날도 저물었으니 하룻밤 묵어 가시도록 하시지요."

허민은 크게 기뻐하며 여인의 손을 이끌어 방으로 들어가 사랑을 나누는데 여인의 색기가 어찌나 놀랍던지 그만 정신을 잃어버릴 정도였다.

다음 날 아침 허민이 떠나려 하자 여인이 울면서 매달렸다.

"어젯밤에 하신 약속은 어찌하시려고 성함도 알려주시지 않고 떠나시려는지요. 언제 다시 만나게 될지도 모르는데 이대로 가시렵니까?"

이에 허민은 여인의 팔뚝에다 '약속을 잊지 않으리다. 허민'이라고 써주고 감영으로 갔다.

평양 감영으로 간 허민은 평양 감사를 불러 문책을 하고 '옥향'이라는 기생을 잡아들이도록 영을 내렸다.

옥향을 잡아들인 허민은 이유를 물을 것도 없이 바로 형틀에 매달고 매우 치도록 하였다.

옥향은 사령들이 달려들어 자신을 형틀에 매달고 치려할 때

"사또 나으리, 소첩이 죽을 때 죽더라도 소원이 한 가지 있사온데 들어주십시오."

라고 읍소를 했다.

"그래? 무엇인지 말해 보아라."

"소첩이 시를 좋아하여 왔는데 가는 길에 한 수 읊도록 허락하여 주십시오."

"그거야 어렵지 않지. 그럼 어서 읊도록 해 보아라."

그러자 옥향이 구슬픈 목소리로 시를 읊었다.

옥향의 팔뚝에 새겨진 이름은 누구의 것인가
글자 글자가 가슴에 새겨져 남아 있는데
대동강의 강물이 차라리 마른다고 해도
나의 일편단심이야 어찌 변할 수가 있겠는가

옥구슬 같은 목소리로 섧게 울며 옥향이 시를 마치자 둘러 섰던 사람들이 눈물을 흘리지 않는 사람이 없었다.

이 시를 들은 허민이 깜짝 놀라 기생의 얼굴을 자세히 보니 어제 밤새도록 술을 마시며 사랑을 맹세한 여인이 아닌가!

허민은 고민에 빠졌다.

옥향을 벌하자니 사랑이 울고 그대로 놔두자니 임금의 명을 어기는 것이니 이러지도 저러지도 못 하고 애만 태울 수 밖에 없었다. 허민은 고민 끝에 자세한 사정을 글로 적어 임금께 올렸다.

허민의 고뇌에 찬 글을 읽은 임금은

"허허, 과인이라도 어쩔 수가 없겠구나!"

라고 탄식을 하며 다시 영을 내렸다.

"허민으로 하여금 옥향의 밭을 갈도록 하여라!"

소죽통 빌리러 안 오나?

충청도 어느 고을에 김 생원 집에서 일하는 머슴이 있었다.

하루는 그 머슴이 소죽통을 빌리기 위해 옆에 사는 과부 집으로 갔다.

집에 들어가보니 과부가 마루에서 홑치마를 입고 자고 있는데 허연 허벅지가 다 드러나 보였다.

혈기가 왕성한 머슴은 마침 아무도 없는터라 색정이 불끈 일어났다.

'야 이거 못 참겠는걸!' 침을 꿀꺽 삼킨 머슴은 망설이지 않고 과부에게 덤벼들어 일을 시작했다.

잠을 자다가 느닷없이 일을 당한 과부는

"네 놈이 이런 짓을 하고도 무사할 줄 아느냐!"

라며 화를 냈다.

그러자 머슴이

"제가 잠깐 생각을 잘못하여 죽을 죄를 지었습니다. 그럼 그만 빼 가지고 가겠습니다."

라며 마음에도 없는 말로 능청을 떨었다.

그러나 일은 이미 많이 진척이 되어 과부도 슬슬 달아오르고 있어

"네 놈이 마음대로 시작했다고 해서 갈 때도 마음대로 갈 수 있을 것 같으냐?"

라고 화를 내며 머슴의 허리를 더욱 힘껏 끌어 안았다.

과부는 굶주린 배를 실컷 채운 다음 머슴에게 소죽통을 빌려주고 돌려 보냈다.

다음 날.

저녁 때가 되자 과부가 담에 머리를 내밀고 머슴을 부르더니

"총각, 오늘은 왜 소죽통을 빌리러 오지 않나?"

라고 말했다.

그후 머슴은 자주 소죽통을 빌리러 갔고 가지 않은 날은 과부가 강제로 빌려 주었다고 한다.

제대로 맞춘 점괘

한 점쟁이 소경이 매우 아름다운 아내를 데리고 살고 있었다.

생김생김이 어찌나 곱고 요염한 자태가 흐르는지 많은 사내들이 눈독을 들이고 있었다.

이웃에 사는 이 생원도 소경의 아내를 탐내고 있었으나 어찌해야 할지 방법이 생각나지 않아서 여러 가지로 궁리를 하고 있었다.

이 생원은 궁리 끝에 한 가지 꾀를 내어 소경을 찾아가

"내가 한 여인을 몹시 사모하고 있오."

라며 소경의 마음을 슬쩍 떠보았다.

"그래서요?"

"그런데 남편이 있으니 어찌할 수도 없고, 그렇다고 가만히 있으려니 애간장이 녹아 병이날 지경이라오."

"그래서요?"

"내가 그 여인의 남편이 없는 틈을 타서 정을 통하려고 하오. 당신의 점괘가 용하다고 하니 그 남편이 온다는 점괘가 나오면 알려주시오. 복채는 두둑하게 내리다."

“그거야 어렵지 않지요. 어서 그 집으로 갑시다.”

이 생원은 소경을 데리고 이 골목 저 골목을 다니다가 다시 그 소경의 집으로 돌아와서 문 앞에 세워 놓았다.

그리고는 소경의 아내와 신나게 일을 치루고 있는데 갑자기 소경의 큰 소리가 들렸다.

“이보시오. 빨리 일을 마치고 나오시오. 그 여인의 남편이 대문에 가까이 있다고 점괘가 나왔소!”

척하면 삼천 리

충청도에서 경상도로 장가를 든 사내가 있었다.

사내가 처가집으로 인사를 와서 잠을 자고 일어났더니 장모가 들어와 물었다.

"엊저녁에 대단치도 않은 물건을 들여보내서 미안하네. 그래 얼마나 했나?"

이 말은 저녁에 밤참으로 들여보낸 음식이 변변찮다는 말이고 얼마나 먹었냐고 물어보는 것이었다.

그러나 사위는 그 뜻을 다른 뜻으로 받아 들였다.

대단치 않다는 것은 자기의 아내를 가리키는 말이고 얼마나 했냐는 것은 사랑을 몇 번이나 나누었는가를 물어보는 말이라고 생각을 했다.

'거참! 지방마다 풍습이 다르다고는 하지만 장모가 사위한테 별 희안한 것을 다 물어보네.'

이런 생각을 하며 머뭇거리다가

"세 판 했습니다."

라고 말했다.

이 말을 들은 장모는

"처음으로 처가집에 오는 인사인데 어떻게 돌쇠 아범만도 못한가?"
라고 한탄을 했다.

돌쇠 아범은 이 처가집의 머슴인 모양인데 자신의 정력이 그만도 못하다고 하는 책망을 들은 사위는 억울하다는 듯이 말했다.

"돌쇠 아범의 정력이 얼마나 센지는 모르겠으나, 저도 만만치가 않습니다. 열흘이 넘게 걸어와 피곤했지만 장모님의 딸이 혼절할 정도로 만족하게 세 판을 했는데 그것도 모자랍니까?"

"……?"

사또의 조부가 된 방자

충청도 어느 고을에 한 사또가 있었는데 기생에게 빠져 다른 일을 못할 정도였다.

그러다가 임기가 끝이 나서 그 고을을 떠나게 되었는데 어찌나 정이 들었던지 발걸음이 떨어지지가 않았다.

그 사또는 동구 밖에 와서도 고을을 쳐다보며 눈물까지 흘렸다.

마침 그 모습을, 말을 몰던 관노가 보고 물었다.

"사또 나으리, 무슨 일로 그렇게 슬퍼하시는지요?"

사또는 기생을 못 잊어서 눈물까지 흘린다면 체면이 서지 않을 것 같아 대답을 찾지 못하다가 엉겁결에 길가에 있는 무덤을 손으로 가리키며 대답을 했다.

"저 무덤이 조부의 것이니라. 나를 사랑해 주시던 조부님의 생전 모습이 떠올라 잠시 슬퍼했다."

그러자 관노가 의아해하며 말했다.

"사또 나으리께서 뭔가 잘못 알고 계시는 듯하옵니다."

"어째서?"

"저 무덤은 제 친구인 방자의 무덤인데요."

멍군 장군

정철이 관동지방의 관찰사로 있을 때의 이야기이다.

하루는 관서지방의 관찰사 일행이 방문하였다.

정철이 주연을 마련하였는데 그 일행을 대접하다가보니 기생 중의 하나가 얼굴에 주근깨가 많았다.

정철이

"자네 얼굴로 기름을 짜면 많이 나오겠구먼."

라며 놀렸다.

이에 그 농을 받은 기생이 되받아 말했다.

"나으리의 얼굴에서 꿀을 따는 것보다야 적지요."

정철의 얼굴은 곰보였던 것이다.

약은 필요한 사람이 따로 있으니

순천 고을에 정승을 지내다가 낙향하여 젊은 첩을 거느리고 사는 사람이 있었다.

첩은 젊어서 건드리기만 하여도 터질듯 하였으나 늙은 정승은 매일 겉치레로만 끝나니 안타깝기만 하였다.

그래서 늙은 정승은 정력에 좋다는 약을 만들어 매일 한 숟갈씩 먹기를 여러 달 하였으나 전혀 효과가 없었다.

그 집에 젊은 하인이 있었는데 어느 날, 정승이 집을 비운 사이에 '이 약을 대감이 매일 드시는 것으로 보아 대단히 좋은 것임에 틀림이 없다' 라고 생각하여 두 숟가락을 퍼 먹었다.

그리고 다음 날.

그 하인은 갑자기 혈기가 끓어올라 부엌으로 뛰어들어 일하는 삼순이와 사랑을 강제로 나누고 그리고도 힘이 남아 집으로 뛰어가 자기의 처와 사랑을 나누니 열흘이 지났다.

늙은 정승은 일하던 하인이 보이지 않자 궁금해 하며 찾아오도록 했다.

정승의 부름을 받고서야 하인이 돌아왔다.

"네가 열흘 동안이나 보이지 않았으니 어디 병이라도 난 것이냐?"

"병이 난 것이 아니오라."

"병이 아니라면 일하기가 싫어서 놀았단 말이냐?"

"사실은 얼마 전에 대감마님이 아니 계실 때에 머리맡에 있던 약을 두 숟갈 훔쳐 먹었습니다. 죽을 죄를 지었습니다."

"내 약을 말이냐?"

"그러하옵니다."

"그 약을 몰래 먹었다고 겁이 나서 열흘 동안이나 나오지 않았단 말이냐?"

"그게 아니라……."

"그게 아니라면?"

"그 약을 먹었더니 갑자기 정력이 끓어올라 참을 수가 없었습니다."

"정력이? 그래서?"

"집에 가서 소인의 처와 열흘 동안이나 쉬지 않고 사랑을 나누었으나 지금까지 시들지 않고 이렇게……."

이 말을 들은 늙은 정승은 한탄을 하며 말했다.

"늙은 몸에는 백약이 소용이 없는 모양이구나! 나는 한 달을 넘게 먹어도 그 효험이 없더니 너는 두 숟가락 먹고도 그렇다니 통탄할 일이 아닌가! 그러나 이 약을 그대로 두면 늙은이에겐 아무 소용이 없고 젊은이에겐 너무 과해, 목숨을 빼앗을 것이니 버리는 것이 옳겠구나."

요강에 숨어있는 곡절

강원도 어느 고을에 새로 부임한 사또가 있었다.

그 사또는 여색을 아주 심하게 밝혔는데 해괴망측한 온갖 이상한 방법으로 희롱을 하여 한번 그와 잠자리를 같이 한 여자는 다시는 같이 하려고 하지 않았다.

기생들이 이 핑계 저 핑계를 대며 자신을 피하고 있다는 것을 알게 된 사또는 기생들을 불러놓고

"너희들은 상점의 요강과 같은데 어찌 사또를 거절하는 고?"

라며 책망을 했다.

사또는 자신을 거절하는 여자가 있으면 온갖 수단과 방법을 동원하여 취하여 괴롭히니 기생들의 원망이 컸다.

이때 사또의 집에 머물면서 글동무를 해주는 박 진사가 있었는데 사또의 행위를 매우 못마땅하게 생각하여 버릇을 고쳐주고자 마음먹었다.

박 진사는 사또가 데리고 잔 여자들을 돈을 넉넉히 주고 사서 차례로 정을 통하고 그 소문을 널리 나게 하였다.

그 소문을 들은 사또는 크게 화를 냈다.

"그대는 나와는 친구와 마찬가지인데 무슨 연유로 내가 데리고 놀았던 여자들만 골라서 관계를 맺는가? 이게 어디 사대부가 할 짓인가? 짐승도 이런 일은 하지 않을 걸세. 하물며 사람의 껍질을 쓰고 이럴 수가 있는가?"

이 말을 들은 박 진사는 기다렸다는 듯이 말을 했다.

"소생은 책만 읽었지 세상 일이야 어리석지요. 다만 듣기로는 가까운 친구들과 사랑을 나눈 여자는 그 여자의 신분이야 어쨌든 간에 피하는 것이 사람의 도리인 줄 알고 있습니다."

"허허, 그런 것을 알고 있는 사람이 그런 짓을 했단 말인가?"

"저번에 사또께서 여러 기생들에게 가르치시기를, 너희들은 상점에 요강 같다고 하신 뜻은 무엇이오니까?"

"뭐라구?"

"소생은 그게 무슨 뜻일까 생각을 하다가 사또가 행하는 대로 행하여보니 과연 그 깊은 뜻을 깨닫게 되어 명철하신 사또라고 마음 속으로 깊이 사모하고 있는 중입니다."

박 진사의 말을 들은 사또는 어이가 없어 대답을 못하고 있었다.

"소생은 사또께오서 칭찬하시리라 생각하고 있었는데 이렇게 책망을 하시니 그 요강 안에 또 다른 깊은 뜻이 있으신지요?"

그 후 사또의 못된 버릇은 없어졌다고 한다.

범인은 쇠망치로 치는 자

젊은이와 장년과 늙은이가 같이 길을 가다가 날이 저물어 어떤 집을 찾아서 하룻밤 묵을 것을 청했다.

얼굴이 제법 예쁘게 생긴 그 집 주인 마누라는 남편이 출타를 하고 없었지만 노인네까지 있으니 안심하고 방을 빌려 주었다.

그런데 자다가 한밤중에 누군가에게 강제로 당하고 말다.

아침이 되어 남편이 돌아오자 그 사실을 알리고 범인을 찾고자 했으나 찾아낼 수가 없었다.

이렇게 되자 남편은 그들을 관가에 고발했다.

사또가 세 사람을 불러 문초를 했으나 증거가 없으니 범인을 찾지 못했다.

한편, 사또의 고민을 들은 마누라가

"눈 앞에 범인을 두고도 못 잡으세요?"

라고 쉽게 말했다.

"범인이야 세 사람 중에 한 사람이겠지만 서로들 남긴 증거가 없고 아니라고 우기니 무슨 방법으로 찾는다는 말이오?"

"이는 우리 부부와 같은 것이니 쉽게 범인을 잡을 수 있을 겁니다."

"우리 부부라니?"

사또가 의아해하며 묻자 부인이 얼굴을 붉히며 말했다.

"우리가 처음 혼인을 했을 때는 당신이 나를 송곳으로 찌르듯이 하여 아팠지요."

"허허! 그랬던가."

"그리고 얼마가 지나자 쇠망치로 치는 듯하여 정신이 없더이다."

"쇠망치로? 그리고는?"

"손자까지 둔 지금의 당신은 삶은 가지와 같지요."

"삶은 가지라. 허허허!"

부인에게서 지혜를 얻은 사또는 부인을 불러

"그때의 상황을 자세하게 일러주시오."

라고 물었다.

"말씀드리기 황송하오나 쇠망치로 치는 것 같아 정신이 없었사옵니다."

이에 사또는 장년을 불러 문초하여 자백을 받았다고 한다.

그게 병이라오

한양에 유 정승이 살고 있었다.

유 정승의 부인은 현숙하고 덕망이 있는 여인이었는데 작은 궁금증을 하나 가지고 있었다.

그것은 남편인 유 정승의 그것이 어린아이 것마냥 작아서 늘 잠자리를 치루는 둥 마는 둥 하여 '세상의 모든 남자들의 물건이 영감마냥 작은 것인가? 영감 것만 그런가?'라는 의구심이었다.

그렇다고 그런 문제를 정승 부인 체면에 내어놓고 알아볼 수도 없는 노릇이어서 혼자서만 요모조모 궁리를 하고 있었다.

그러던 어느 날.

남산의 정자에 올라 한양 바닥을 내려다보고 있는데 웬 군졸 하나가 오더니 바지춤을 풀고 볼일을 보고 있었다.

정승 부인은 무심결에 그 행동을 지켜보게 되었는데, 군졸의 그것이 마치 허리에 찬 방망이처럼 커서 얼마나 놀랐는지 정신이 없었다.

'대체 저것도 영감 것과 같은 것인가?'

이런 의문이 사라지지 않아 그날 밤 잠자리에서

"제가 오늘 낮에 남산에 올랐다가 참으로 기이한 것을 보았습니다."

라고 말을 했다.

"기이한 것이라니 무슨 일이오?"

"그게 말씀 드리기가 참으로 고약해서……."

"허허, 어떤 것인지는 모르지만 부부 사이에 숨기고 부끄러워할 것이 뭐가 있소?"

"그러시다면, 제가 말씀을 드려도 흉을 봐서는 아니됩니다."

"그렇게 하리다."

정승의 부인은 얼굴을 붉히며 낮에 있었던 일에 대해서 자세하게 말을 했다.

이 말을 듣고 유 정승은 자신을 아는지라 둘러댈 말을 꾸몄다.

"혹 그 군졸이 이러저러하게 생기지 않았던가?"

군졸들은 똑같은 옷을 입었으니 부인이 얼굴을 자세하게 보았을 리가 없었다.

"그렇게 생긴 것 같기도 하고."

그러자 유 정승은 큰 소리로 웃었다.

"아니? 왜 웃으십니까?"

"당신이 그 사연을 모르니까 그렇소."

"무슨?"

"그 군졸의 이야기는 알만한 사람은 다 아는데, 소문에 의하면 어릴 때부터 그게 너무 커서 아직까지 장가도 못 가고 혼자서 산다고 하오. 그러니까 그게 병이라오."

돼지만도 못한 것들!

소년 셋이 한 스승 아래서 공부를 하고 있었다.

어느 날, 스승이 그들을 불러다 놓고

"이제 너희들은 공부도 할 만큼 하였으니 각자가 앞으로 무엇이 될 것인지 말해 보도록 하여라."

한 소년이 말했다.

"저는 이름 난 가객이 되고 싶습니다."

"어째서?"

"멋있는 글과 노래로 위로는 임금으로부터 아래로는 기생에 이르기까지 들려주어 애간장을 녹여 주고 싶습니다."

"왜, 그들의 간장을 녹이려는고?"

"그리되면 어여쁜 여인과 술과 음식이 항상 내 곁에 있으니 즐겁고 또한 이름도 날리게 되니 이 또한 가문의 명예를 높이는 것이 아닙니까?"

이번에는 둘째 소년이 말했다.

"저는 솔개가 되고 싶습니다."

"솔개가?"

"높고 푸른 하늘을 마음대로 날아 다니다가 대가집 낭자가 보이면 내려가서 놀래주고 또한 주인 심부름을 가는 여종이 있다면 들고가는 물건을 낚아챌 겁니다."

"그러면?"

"낭자는 놀라서 소리를 지르고 여종도 놀라 울면서 나를 쳐다볼테니 얼마나 신나고 통쾌한 일입니까."

이번에는 마지막 소년이

"저는 돼지가 되고 싶습니다."

라고 소원을 말했다.

"무엇이! 돼지가?"

"예, 돼지말입니다."

"어째서 하필이면 돼지란 말이냐?"

"돼지는 태어난 지 대여섯 달이면 색을 통달한다고 하니 그 얼마나 신나겠습니까."

이 들의 소원을 들은 스승이 기가막혀 탄식하며 말했다.

"내가 너희들을 헛되이 가르쳤구나! 너희들은 돼지만도 못한 것들이니……!"

큰 것만 찾다가

한양에 이름 난 갖바치가 하나 살고 있었다.

그의 아내는 미모가 워낙 뛰어나서 이웃의 바람둥이들이 욕심을 내고 있었다.

그의 마누라 또한 끼가 있어서 남편의 그것이 작다는 것을 핑계 삼아 틈만나면 바람을 피웠다.

이웃에 김 생원이라는 술 잘 먹고 놀기 좋아하는 한량이 있었는데 갖바치의 마누라와 정을 통하고 싶었지만 속 마음을 알 수가 없었다.

어느 날, 김 생원은 계략을 세워 갖바치의 아내가 끼가 있다고 하니 스스로 음심을 발동케 하는 덫을 놓기로 하고 그 집을 찾아갔다.

"여보게, 내가 어려운 부탁이 하나 있소."

"무슨 일인데?"

"사실은 부끄러운 얘기지만 내 물건이 너무 커서 걸을 때마다 불편해서 못 살겠으니……."

김 생원은 일부러 큰 소리로 말했다.

"그래서?"

"부드러운 사슴 가죽으로 주머니를 하나 만들어 준다면 좋겠는데 할 수 있겠소?"

"그야 어려운 일이 아니지요. 어디 물건부터 봅시다."

김 생원은 바지를 벗고 보였다.

"과연 당신의 말처럼 훌륭하오."

"지금은 죽었으니 이렇지 이 놈이 살아나면 정신을 못 차릴 정도요."

부엌에서 가만히 두 사람의 대화를 듣던 갖바치의 마누라는 벌써부터 마음이 움직여 가슴이 두근두근 거렸다.

갖바치는 김 생원에게

"내가 잘 만들어 놓을테니 혹시 내가 없더라도 찾아 가시오."

라고 말했다.

며칠 뒤 김 생원은 갖바치가 없는 틈을 타서 찾아 갔다.

"주인은 나가시고 안 계시는데요."

"아, 그래요? 어딜 가셨나. 내가 부탁한 물건이 있었는데 다 되었는지 모르겠오. 한번 찾아 보실려오?"

"그 물건이라면 안에 있는데 들어 오세요."

이래서 김 생원이 방으로 들어가니 갖바치의 마누라가 먼저 은근 슬쩍 추파를 던졌다.

쉽게 일이 진행되었는데 갖바치의 마누라가 막상 물건을 보니 남편 것보다 형편 없었다. 그러나 이미 저질러진 일이라 속은 것이 분했지만 어쩔 수 없이 일을 치루었다.

며칠 뒤에 남편이 있는데 김 생원이 찾아왔다.

"그 물건은 찾아가셨던데 잘 맞기는 합디까?"

라고 갖바치가 물었다.

"약간 작은 듯하지만 그런 대로 쓸만 하오."

김 생원이 대답했다.

이 말을 들은 갖바치의 마누라는 속이 끓어올라 중얼거렸다.

'네까짓꺼라면 그 주머니에 백 개도 더 들어가겠다.'

신들린 무당

시집을 안 간 과년한 처녀가 어머니에게 물었다.

"어머니, 제가 그 전에 오줌을 누면 소리가 졸졸하더니 요즘엔 오줌을 누면 괄괄하고 소리가 요란한데 왜 그렇지요?"

딸의 말을 들은 어머니는 크게 놀라며 딸을 다그쳤다.

"이는 네가 사내와 눈이 맞았음이 틀림없구나!"

그러자 딸이

"어머니는 보지도 않고 어쩜 그렇게 잘 맞추세요? 신들린 무당 같아요."

라며 어머니를 신기한 듯이 쳐다보았다.

제 발이 저려서

전라도 어느 고을에 주막을 하는 부부가 있었다.

들락날락하는 사람들이 많아서 그들은 일을 치룰 때면

"눈 하나 가진 놈을 죽입시다."

라는 암호를 사용하고 있었다.

어느 날, 남편은 그 일을 하고 싶은 생각이 간절하여 마누라에게 말했다.

"여보, 늦기 전에 눈 하나 가진 놈을 죽이는 게 어떻겠소?"

그러자 마누라는 밖을 살펴보며 대답했다.

"아직 밤이 깊지 않아 다른 사람들이 눈치를 챌 것같으니 더 기다렸다가 아무도 보는 사람이 없을 때 찍소리 못하게 죽입시다."

마침 옆방에는 외눈박이가 잠을 자고 있었다. 그는 잠결에 두 부부가 주고받는 말을 얼핏 듣고는 눈을 번쩍떴다. 그리고는 사색이 되어 마구 외쳤다.

"여보시오! 여보시오! 주인집 내외가 나를 죽일려고 벼르고 있으니 날 좀 살려 주시오!"

어느 건달의 이야기

장성 고을에 이달건이라는 건달이 있었다.

이달건은 아내가 날품팔이로 벌어오는 돈으로 노름을 하다가 돈을 잃으면 술 먹고 싸움질이나 하는 등 난봉꾼으로 소문이 나 있었다.

모든 것이 개차반이었으나 꾀가 많아서 마을 사람들은 그를 싫어하면서도 가끔씩 이달건의 머리를 빌리곤 했다.

한편 마을에 정 서방이라는 부자가 살고 있었는데 그는 재산이 많고 하는 일이 없으니 반반한 여자들만 찾아서 침을 흘리고 다니는 게 일이었다.

어느 날, 정 서방은 자기 집에서 일을 하고 있는 이달건의 마누라를 보고 마음이 동해서 이런저런 수단을 다 동원하여 강제로 정을 통했다.

이달건의 마누라는 없이 사는 것도 억울한데 그런 일까지 당하고 보니 너무 서글퍼서 목숨을 끊으려고 했으나, 정 서방이 돈꾸러미를 던져주며 달래자 마음이 누그러졌다.

그뒤 정 서방은 틈 나는 대로 이달건의 마누라와 정을 통하고 그때마다 돈을 주었다. 이달건은 자기의 마누라와 정 서방이 놀아나는 것을 알고 있었지만 술값도 넉넉하게 얻을 수 있고 노름 밑천도 받을 수 있는지라 모른 체하고 있었다.

그럭저럭 살고 있던 어느 날.

이달건이 노름판에서 밤을 새우고 낮에 집으로 들어와보니 정 서방이 안방에서 코를 골며 자고 있었다.

"아니? 여보, 우리 집에 정 서방이 웬일이오?"

모른 체하고 묻자 마누라는 당황하여 대답을 하지 못했다. 한 번 나가면 며칠씩 들어오지 않는 남편인지라 아침부터 정 서방과 노닥거리며 놀고 있었는데 느닷없이 돌아왔으니 놀랄 수 밖에 없었다.

"글쎄 말이에요. 어디에 갔다오는지 술이 잔뜩 취해가지고 들어와서 당신이 어디 갔냐고 묻고 횡설수설하더니 그냥 저렇게 자고 있지 뭡니까."

'에이! 쳐죽일 놈! 이젠 아주 남의 집에까지 와서 노는구먼. 이것들을 그냥!'

이달건은 뻔히 알고 있는 일이었고 또한 정 서방에게 술값에 노름 밑천까지 받아먹고 있는 셈이었지만, 자기 방에서 네 활개를 펴고 자고 있는 모습을 보자 그만 화가 치밀어 정 서방의 목을 눌러 죽이고 말았다.

그리고 나서 이달건은 태연하게 마누라를 불렀다.

"여보, 나도 잠 좀 자야겠으니 정 서방을 깨워서 보내구랴."

말이 떨어지기가 무섭게 마누라가 들어와서 정 서방을 깨웠다. 몇 번을 흔들어 깨웠으나 일어나지 않자 가슴에 귀를 대어보니 죽어 있었다.

"여보! 큰일 났어요. 정 서방이 죽었어요."

"아니? 멀쩡하게 자고 있던 사람이 죽기는 왜 죽었다고 야단이야."

"정말이라니까요. 좀 들어와 보세요."

"그놈이 못된 짓을 해서 급살을 당했나! 제기랄!"

정 서방이 죽자 놀라고 겁에 질려 얼굴이 새파래져서 떨고 있는 마누라를 보며 달건은 비꼬듯이 말했다.

"죽었으면 할 수 없지. 관가에 알려야지."

"관가에 알리면 우리 집에서 죽었으니 여러 가지를 조사하면 시끄럽게 안될까요?"

"죄 지은 것이 없는데 뭐가 시끄러워?"

"그래도……."

"그럼 이렇게 하지. 정 서방이 죽은 것을 본 사람은 우리 둘밖에 없으니까 당신이 이놈을 저 연못 속에다 던져버리고 오게. 그리고 우리가 입만 다물면 되지 않는가?"

"내가요?"

"그럼 내가 해?"

이달건의 마누라는 찔리는 것이 있으니 아무 말 못하고 송장을 지고 연못으로 갔다. 이달건은 마누라가 송장을 지고 집을 나가자 지름길로 앞서 가서 연못가 나무 뒤에 숨어 있었다.

마누라가 송장을 던지려하자 그곳에 숨어있던 달건이 '에헴'하고 기침소리를 내자 갑작스런 인기척에 놀란 마누라는 기겁을 하여 집으로 달려 왔다.

"여보, 내가 정 서방을 연못에 던지려고 하는데 누가 있는 것 같아서 못했어요."

"그럼, 재 넘어 골짜기 숲에 버리지."

달건의 마누라는 다시 송장을 지고 재 넘어 숲으로 부지런히 갔다.

좋던 싫던 간에 한때는 자신과 살을 섞던 사람을 버리러 간다고 생각하니 온갖 생각이 떠올랐다. 이것이 모두 남편을 속인 죄의 값을 받는 것이라고 자책하며 땀을 뻘뻘 흘리면서 송장을 지고 갔다.

겨우 숲에 이르러 송장을 버릴려고 하는데 이번에도 '부시럭'하는 소리가 들렸다. 그 소리에 또 놀란 달건의 마누라는 정신이 반은 나간 상태가 되어 집으로 돌아왔다.

"여보, 제가 못된 년이에요. 흐흑."

달건의 마누라는 울면서 그간에 정 서방과 있었던 일을 모두 이야기하고 용서를 빌었다.

"다 지난 일이니 어쩌겠소. 앞으로는 내가 무엇을 하든 간에 바가지를 긁으면 안 돼. 이번 일은 나한테 맡기고 당신은 모른 체하고 있어."

달건은 한 가지 꾀를 내어 송장을 지고 같은 마을에서

정 서방처럼 부자인 오 생원네 산으로 갔다.

새벽이었다.

젊은 애첩인 삼월이에게 잠자리에서 사람만 귀찮게 한다고 핀잔을 들은 오 생원은 젊어서는 하룻밤에도 여러 명의 기생과 정을 통했던 일을 생각하며 잠을 설치다가 벌떡 일어났다.

바로 뒷산에서 어느 놈이 나무를 해가는지 나무 찍는 소리가 쿵쿵 들렸기 때문이었다. 그렇잖아도 요사이 부쩍 몰래 아름드리 나무가 자꾸 없어져서 파수꾼을 세우고 있던 참이었다.

"돌쇠야! 돌쇠야! 빨리 뒷산엘 가보거라! 어떤 놈이 우리 나무를 훔쳐가는 모양이다. 가서 냉큼 잡아 오너라!"

오 생원의 호령에 잠이 덜 깬 돌쇠는 하인들을 데리고 산으로 줄다름질 쳤다.

"아니! 대체 어떤 놈이 새벽에 남 잠도 못 자게 난리여?"

"잡히기만 하면 당장 물고를 내버려야지!"

하인들은 새벽에 단잠을 깬 것이 억울하여 투덜거리며 산으로 갔다.

뒷산에 가서 보니 어두침침한 숲속에서 웬 사내가 있는 게 보여 불문곡직하고 마구 두드리고 짓밟았다.

"에이! 나쁜 놈! 왜 새벽에 나무를 훔치느라고 남의 잠을 빼앗고 지랄이여. 훔칠려면 대낮에 하지!"

하인들은 사내를 실컷 두들겨 패고 질질 끌고 집으로 돌아왔다.

오 생원도 매우 화가나서 그가 누구인지 알아보지도 않고 멍석말이를 하여 매우 두들기도록 하였다. 한참을 두들기고 나서 오 생원은

"그만 해라! 그 정도면 그 놈도 혼이 났을 것이다. 대체 어떤 놈인지 얼굴이나 보자."

라며 멍석을 풀도록 했다.

멍석을 풀어보니 놀랍게도 정 서방이 아닌가!

"이런! 못되 먹은 놈! 뭐가 모자라서 남의 나무를 훔쳐?"

"아니? 죽은 모양입니다."

정 서방을 살핀 하인들이 놀라 소리쳤다.

"뭐여? 죽다니? 내가 너무 심했나? 그렇다고 뒤지면 어떻게 해, 큰일이구먼. 관가에라도 알려지는 날에는."

오 생원은 일단 죽은 정 서방을 숨기고 집안 식구들에게 입단속을 잘 하도록 단단히 타일렀다.

이는 물론 이달건이 꾸민 일이었다. 평소 오 생원이 자신을 업신여기는 터라 그 앙갚음으로 한 짓이었다.

오 생원은 잘차린 주안상을 마련해 놓고 은밀하게 달건을 불렀다.

"여보게, 술이나 한 잔 하지."

"저는 속이 안 좋아서……."

달건은 뻔히 알고 있으면서 시치미를 뚝떼고 일어섰다.

"이 사람아! 사실은……."

오 생원은 맨발로 달려나와서 달건을 붙잡으며 사실 이야기를 했다.

"그럼 관가에 알려야지요. 잘못하다간 저까지 공범으로 몰려 잡혀가겠습니다요."

"허허, 그래서 내가 자네를 부른 것이 아닌가. 자네의 그 비상한 꾀로 날 좀 살려주게."

"소인같은 놈이 어떻게."

"이 일만 잘 처리해 준다면 내가 논 한 자리 뚝 떼어 줌세."

"그럼 지금 주세요."

이렇게해서 논을 떼어 받은 이달건은 송장을 메고 정 서방네 집으로 갔다. 그리고는 대문에서 정 서방의 목소리로 정 서방의 아내를 불렀다.

"여보, 문 열어요."

정 서방의 아내는 잠결에 사흘씩이나 들어오지 않고 있는 남편의 목소리를 듣고 화가 나서 소리를 질렀다.

"그년하고 살지 오긴 왜 와요!"

"당신이 그렇게 소리를 지르면 나는 목을 매달아 죽고 말테야!"

"흥! 당신 마음대로 하시구랴! 언제는 바람핀다고 말하고 피웠소?"

정 서방의 아내는 밤새도록 문을 열어주지 않았다. 아침이 되어 아무 기척이 없어 나와보니 남편이 나무에 목을 매달고 죽어있는 것이 아닌가!

그 후 이달건은 마음을 고쳐먹고 열심히 살았다고 한다.

가슴을 보이고 시집 간 처녀

한양에 김 생원이라는 자가 살고 있었다.

그는 명색이 양반이었으나 나이 찬 딸 하나를 데리고 훈장을 하며 근근히 살아가고 있었다.

딸은 미모가 뛰어나고 재주가 많았으나 몰락한 양반의 자식인지라 청혼을 하는 사람이 없었다.

한편 이웃에 돈께나 있고 행세께나 하는 이 첨지라는 홀애비가 김 생원의 딸을 마음에 두고 있었다.

생원 집안이 비록 몰락한 가문이라고는 하나 양반인지라 곧바로 매파를 보내지 못하고 고심 끝에 한 가지 계략을 세웠다.

그는 자기의 친구들에게 그 처녀와 이러쿵 저러쿵 하였다고 소문을 내고 다녔다.

소문은 돌고 돌아 처녀가 아이까지 배었다고 나게 되니 김 생원이 그 소문을 듣고 화가나서 딸을 불렀다.

"네가 이 첨지와 배를 맞췄다는 것이 사실이냐?"

"아버님, 그것은 헛소문입니다."

"아니 땐 굴뚝에 연기 나겠냐? 우리 집안이 지금은 이렇게 가난하게 살고 있지만, 조상님 중에는 정승과 판서를 지내신 분이 많은 뼈대 있는 집안이니라. 그런데 네가 어찌 가문을 욕되게 할 수 있느냐?"

"아버님, 이는 그 자가 우리집이 가난하다는 소문을 듣고 함부로 넘보고 하는 소리이니 관가에 고발을 해서 바로 잡겠습니다."

이리하여 이 일을 관가에 고발하였다.

이 고발을 받은 사또는 이 첨지를 불러 물었다.

"네가 정말 그 처녀와 여러 번 정을 통하였느냐?"

"네, 그러하옵니다. 물레방앗간에서도 만나고 보리밭에서도 만나고 단오날도 만나서 서로가 장래를 약속한 깊은 사이이옵니다."

이 첨지는 아주 자신있게 말했다.

"으흠, 그렇다면 그 처녀의 생김생김새에 대해서 자세히 말해 보거라."

그러자 이 첨지는 처녀의 이모저모에 대해서 말을 했다. 이미 사람을 시켜서 자세하게 알아 보았던지라 막힘이 없었다.

사또는 처녀를 불러 자세히 보았더니 이 첨지의 말과 하나도 틀림이 없었다.

처녀는 이 첨지가 간계를 부리고 있다는 것을 눈치채고 사또에게 은밀한 말을 전했다.

"소녀의 가슴에는 큰 점이 하나 있는데 거기에 터럭이

여러 개 나 있으니 정말 소녀와 정을 통했다면 그 비밀을 알 것입니다."

이 말을 들은 사또는 다시 이 첨지를 불러 물었다.

"네가 정말로 처녀와 정을 통했다면, 그 처녀의 몸에 남과 다른 어떤 것을 보지 못했느냐?"

그러자 이 첨지는

"여러 번 통정을 하였는데 몸 구석구석을 제대로 모른데서야 말이 되옵니까? 처녀의 가슴에는 큰 점이 하나 있는데 거기에는 터럭이 여러 개 나 있으니 이는 통정을 하지 않고는 도저히 모르는 비밀인 줄 아옵니다."

라고 대답을 했다.

사또는 다시 처녀를 불러 엄하게 책망을 했다.

"네가 이 첨지와 통정을 하고도 아니라고 우기는 것은 무엇이냐? 네 몸의 비밀을 그가 자세히 알고 있으니 더 이상 할 말이 없지 않느냐? 처녀의 몸으로 홀애비와 정을 통하다니 이는 풍속을 어긴 죄임을 모르더냐?"

이 말을 들은 처녀는 눈물을 흘리며 가슴을 사또에게 보이었다.

"사또께서 보시다시피 원래 소녀의 가슴에는 사마귀 따위는 없사옵니다."

"그럼 왜 없는 것을 있다고 하였느냐?"

"이는 저 간사한 이 첨지가 미리 손을 써서 저의 모든 것을 알고자 하였으니 제가 거짓으로 꾸며 그 사실을 밝힌 것입니다."

"으흠!"

"소녀의 집이 가세가 몰락함을 알고 업신여기고서 한 짓이오니 사또께서 현철한 판단이 있으시길 바랍니다."

사또가 처녀의 말을 들어보니 앞뒤가 딱 맞았다. 바로 이 첨지를 불러 문초를 하니 모든 사실이 밝혀졌다.

이 첨지를 엄하게 다스린 후 사또는 그 처녀를 자기의 며느리로 삼았다고 한다.

매도 매나름

파주 고을에 사는 어느 부부가 싸움을 하였는데 아내는 얻어맞고 화가 나서 누워 있었다.

남편은 아내를 때리고 나니 마음이 언짢아 사과를 하려고 했으나 마땅한 방법이 없어서 몸으로 달래주리라 마음먹었다.

자는 척하면서 팔을 슬쩍 아내의 가슴 위에 올려 놓았다.

그러자 아내가 팔을 내치며 앙칼지게 내뱉았다.

"나를 아프게 때리던 못된 손이 어찌 내 몸에 손을 대느냐!"

남편은 다시 자는 척하고 있다가 다리를 아내의 엉덩이에 슬쩍 올려 놓았다.

이번에도 아내는 다리를 내치며

"아까는 나를 걷어차더니 무슨 염치로 다시 살을 맞대느냐!"

라며 꼬집었다.

남편은 한참을 있다가 성이 난 '남자'를 아내의 배꼽 언

저리에 슬쩍 문질렀다.

그러자 아내는 한숨을 푹 쉬며 말했다.

"내가 너한테 이토록 몸이 아프게 얻어 맞았다면 얼마나 좋았겠냐!"

벌거벗고 닭둥우리 지고

한 중이 절 아래 사는 젊은 과부를 마음에 두고 있었다.

그러나 여자의 경험이 없는지라 이러지도 저러지도 못하고 있었고, 과부도 뜻은 있었으나 먼저 말을 하지 못하고 있었다.

그러던 어느 날이었다.

중이 그 과부의 집으로 시주를 얻으러 가게 되었는데, 불러도 대답이 없어 방문을 열어보니 과부는 잠을 자고 있었다.

문을 닫고 돌아서려는데 이불 밖으로 삐죽이 나온 과부의 다리가 중의 시선을 잡았다.

한번 보고나니 정신이 어질어질 하여 넋을 놓고 있다가 '부처님 공양도 내가 먼저지'라는 생각을 하고 입술을 슬쩍 맞춰 보았다.

이쯤되니 앞뒤 가릴 생각이 없어져 일단 일을 저지르다 들키면 도망가리라는 생각을 하고 옷을 벗어 바랑에 집어 넣었다.

슬금슬금 기어 이불 속으로 들어갔는데, 기척을 느낀 과부가 잠을 깨어보니 중이 있는지라 반가와 덥석 끌어 안았다.

그러나 중은 들킨 줄로 알고 기겁을 하고 방을 뛰쳐 나왔다.

너무 놀라 정신이 없는 중은 바랑 대신 추녀 밑에 있는 닭둥우리를 지고 도망을 쳤다.

그렇게 도망을 치다가 지나가는 사람을 만났다.

"아니? 스님 왜 벌거벗고 닭둥우리는 지고 뛰십니까요?"

그 말을 듣고서야 자신의 꼴을 알아차린 중이 얼른 변명을 했다.

"부처님의 뜻이니 부처님께 여쭤 보시오."

물동이야 깨지든 말든

서로 친구인 두 처녀가 있었는데 한 처녀가 먼저 시집을 갔다.

어느 날, 친정에 다니러 온 친구가 시집 안 간 친구를 우물가에서 만났다.

"애, 시집살이가 어때?"

"고추당초 매운 것보다 더 맵다는 건 순 거짓말이야."

"그럼?"

"달기만 달던데 왜 맵다는지 몰라."

"첫날밤 얘기 좀 해 봐"

시집 안 간 친구가 졸랐다.

"신랑이 들어오더니 다짜고자 내 옷을 벗기고는 자기 옷도 모두 벗어버리는데 얼마나 놀랬는지."

"그래서?"

"나를 이불 속으로 끌어안고 들어가더니……."

"둘이 같이?"

"신랑의 딱딱한 것이 이러쿵 저러쿵 하더니 그만 몸이 나른해지고 정신이 하나도 없어지는 게……."

"정신이 없어져?"

"그러더니 가만히 있으려고 해도 입에서 앓는 소리가 저절로 나오더라구."

시집 안 간 처녀는 여기까지 듣더니 자기가 물동이를 잡고 있다는 사실을 잊어버리고 몸을 비틀다가 물동이가 깨어졌다. 그 바람에 물만 온통 뒤집어 썼다.

누가 서방인지

공주 관아의 한 포졸의 마누라가 남편이 순라를 나간 틈을 타서 외간 남자를 불러들여 즐기곤 했다.

그러던 어느 날이었다.

미처 일도 다 치루지 못했는데 문 열라는 남편의 목소리가 들렸다.

다급해진 포졸의 마누라는 외간 남자를 마당 한 구석에 쪼그리고 앉게 하고 남편을 맞아 들였다.

"아니! 이제야 오시면 어떻게 해요? 순라대장이 무슨 말씀이 없으시던가요?"

"없었소. 순라를 돌다가 도둑놈을 쫓아갔는데 애만 쓰고 잡지는 못해서 눈 좀 붙이고 나갈려고 왔는데 무슨 일이 있는가?"

"초저녁에 포도청에서 웬 나으리가 나오셔서 당신의 호송을 받아야한다고 마당에서 저렇게 기다리고 계신데 어찌 합니까?"

"이런! 그런걸 몰랐네. 한숨 자고 당신 좀 보듬고 나갈려고 했더니만."

그러자 포졸의 마누라는 마당에 쪼그리고 앉아 있는 간부를 향해

"나으리, 이제 그만 나오시지요."

라고 말했다.

포졸은 마누라의 간부 앞으로 가서 절을 했다. 그러자 그 간부는 오히려 크게 꾸짖으며 말했다.

"아니? 어딜 다니다가 이제야 왔느냐?"

포졸은 큰죄를 지은 사람처럼 굽신거리며 말했다.

"예예, 순라군은 원래가 잡다한 일이 많은 편이지요. 그런데 어디로 모셔다 드릴까요?"

산나물은 혼자서만 먹느냐?

평안도 어느 지방에 일하기는 싫어하고 놀기만 좋아하며 여색을 밝히는 사내가 있었다.

그 집에 결혼을 한 여종이 있었는데 이 여종의 남편은 노름에 빠져서 밤마다 나가서 새벽녘에나 들어오기 때문에 사내와 여종은 매일 만나 질펀하게 놀았다.

사내의 부인이 있기는 하였으나 남편의 방종을 아는지라 크게 나무라지 않았다.

어느 날이었다.

사내의 부인은 남편의 뒤를 따라가 여종의 방을 몰래 엿보았다.

사내가 여종의 옷을 벗기려고 하자

"서방님은 흰떡 같은 아씨를 나두고 왜 하필이면 저 같은 종을 탐내십니까?"

라며 거절을 했다.

그러자 사내가 능청스럽게 웃으며

"아씨가 흰떡이라면 너는 산나물이니라. 그러니 떡을 먹은 후에 목이 멜까 산나물을 먹는 것이 아니냐?"

라고 말하고 일을 시작했다.

아내는 은근히 부아가 치밀어 돌아와 모른 척 하고 잠을 잤다.

다음 날.

식구들이 모여 아침을 먹는데 사내가 기침을 심하게 했다.

이를 본 아버지가

"네가 요즘 몸이 부쩍 마르고 기침이 심하니 어디가 아프냐?"

라고 아들에게 물었다.

이 말을 들은 며느리가 시아버지에게 조금 비아냥거리는 투를 담아 말했다.

"이이가 요즘에 산나물이 몸에 좋다고 숨겨놓고 많이 먹은 탓이옵니다. 아버님."

이 뜻을 모르는 시아버지는 아들을 향해 크게 언성을 높였다.

"무심한 놈! 몸에 좋은 것이면 늙은 애비 생각을 먼저 해야지, 몰래 혼자서 먹었더냐? 그러니 기침병에 걸려도 싸다!"

클 데가 커야지

한 여자가 버선을 지어 남편에게 주었다.

남편이 그 버선을 신으려고 했으나 작아서 발이 들어가지 않자 화를 냈다.

"당신은 남편의 버선짝 하나 못 맞춘단 말이요?"

그리고 덧붙여 아내를 비난하기 시작했다.

"진짜 좁고 작아야 할 것은 쓸모가 없이 헐렁하고, 커야 될 물건은 작아서 쓸모가 없으니 궁합이 안맞아도 한참 안 맞지."

그러자 가만히 있던 아내도 지지 않고 말을 했다.

"당신은 제대로 맞추는 줄 아세요?"

"내가 어때서?"

"굵어야 할 물건은 가늘고 작아서 쓸모가 없고, 적당히 작아야 할 발만 쓸데없이 커서 들어가지 않으니 궁합은 당신이 못 맞추지요."

하던 짓도 멍석을 깔아 놓으면

나이가 서로 비슷한 숙질 간에 길을 가다가 어느 객점에서 묵게 되었다.

빈 방이 없어서 주인이 쓰는 윗방에서 잠을 잤는데 술을 마신 숙부는 일찍 잠이 들었고 조카는 잠을 못 이루고 있었다.

밤중이었다.

주인 부부가 온갖 소리를 질러가면서 일을 치루기 시작했다.

조카는 자는 척하고 있으려니 그 소리가 더욱 궁금하고 신경이 쓰여 숙부를 깨웠으나 워낙 깊이 잠이 들어 소용이 없었다.

이튿날, 잠을 제대로 자지 못하고 눈이 벌겋게 부은 조카가

"삼촌 지난 밤에 어떤 일이 있었는지 아세요?"
라며 요란하던 소리에 대해서 자세하게 말해 주었다.

숙부도 조카처럼 여자에 대해서 경험이 없는지라 그 말을 듣자 모든 것이 궁금할 뿐이었다.

"그럼 나를 깨우지 왜 혼자서만 보았니?"

"깨웠는데 깜깜 무소식이던데요."

"제기랄!"

숙부는 몹시 아쉬워 하더니

"우리 오늘 저녁 하루만 여기서 더 묵고 가자."

라고 조카에게 제의를 했다.

"오늘 안 가구요?"

"내가 오늘은 잠을 안 자고 기다렸다가 그 진풍경을 꼭 보고야 말리라."

그날 밤이었다.

둘은 숨을 죽이고 기다렸지만 좀처럼 소식이 없었다.

그러다가 숙부는 졸음을 이기지 못해 잠이 들었고 조카는 안방의 소리에 신경을 곤두 세우고 있었다.

밤이 깊어서 주인 방에서 소근소근 소리가 들리더니 옷을 벗는 소리가 들렸다.

조카는 숙부를 마구 흔들어 깨웠다.

잠이 들었다가 조카의 깨우는 것에 화들짝 놀라 일어난 숙부는

"어디? 어디? 지금 막 시작을 했단 말이지?"

라고 큰 소리로 물었다.

그 바람에 주인 부부가 더 놀라서 하려던 일을 멈추고 말았다.

그래서 둘은 하룻밤 숙박비만 더 썼다고 한다.

소문은 소문인데

경상도 어느 고을에 얼굴이 못생겨 나이가 차도록 시집을 못가는 처녀가 있었다.

이 처녀는 은근히 걱정이 되었으나 어미되는 사람은 걱정하지 말라는 말만 했다.

과연 어머니의 말처럼 그 처녀는 돈 많은 집안으로 시집을 가게 되었다.

결혼식을 치루고 친정으로 처녀가 다니러 왔을 때 어머니가

"신랑이 너를 구박하지는 않더냐?"

라고 물었다.

"처음에는 저를 거들떠보려고도 하지 않았어요."

"그래?"

"너무나 속상해서 집으로 돌아오고 싶었어요."

"저런. 그래 지금은 신랑이 잘해주냐?"

"예, 첫날밤을 치루고 나더니 저보고 보물덩어리라고 하던데요."

"그러면 그렇지, 그런 말을 하지 않는 사람이 어디 사내

라더냐. 너는 앞으로 얼굴이 못생겼다고 기죽을 것이 없다. 우리집 여자들의 그 맛은 소문이 널리나서 어디가서 자랑을 해도 괜찮지."

병이나 아닐런지

몇 번의 실패 끝에 등과하여 어느 고을의 사또로 임명을 받아 떠나는 오두방이라는 사람이 있었다.

임지로 가던 길에 어느 역에서 머무르게 되었는데, 아침에 말을 바꾸어 탔더니 너무 요동을 해서 그대로 앉아 있을 수가 없었다.

안절부절하는 사또의 모습을 본 수행관이

"나으리, 만일 역장놈을 이때 벌주지 않으시면 다음에 여기를 지나실 때 또 이런 낭패를 당하게 될 것입니다. 하오니 소인에게 맞겨 주시면 편안한 말로 바꿔 드리겠습니다."

라고 말을 했다.

"그래라."

사또의 허락을 받은 수행관은 역장을 불러 크게 호통을 쳤다.

"장원급제하여 사또 나리로 행차 하시는데 어찌 이토록 험한 말을 준비하였더냐? 좋은 말로 바꾸지 않으면 물고를 내리라!"

그런 탓인지 말이 바꿔져 나왔는데 아주 유순해서 목적지까지 편안하게 도달할 수 있었다.

오두방이 임지에 도착하자 고을에서는 사또가 새로 부임했다 하여 관속들이 주안상을 차려 잔치를 베풀고 수청 기생까지 대령하였다.

그러나 오두방은 공부에만 매달려 살았는지라 외도는 물론이요 부인이 있어도 잠자리의 여러 가지에 대해선 숙맥이었다.

그런데 자기 옆에 웬 낯모르는 여인이 앉아 술도 따라주고 자꾸 달라붙자 영 기분이 개운치가 않았다.

기생을 한 번도 본 일이 없는 오두방은

"내 옆에 앉아서 교태를 떠는 이 여인은 대체 뉘집 규수인가? 아녀자인가?"

라고 수행관에게 은밀하게 물었다.

"그 여자는 수청 기생이옵니다."

"수청 기생이라고? 무엇에 쓰는 여자이더냐?"

"주연이 끝난 후 더불어 동침하시면 좋을 것입니다."

"동침을? 그럼 저 여자는 지아비가 없느냐?"

"있어도 상관이 없습니다."

오두방은 모든 것이 신기하고 이상하여 고개를 갸우뚱거렸다.

"저런 여인을 곁에 앉히면 체면이 상하지 않겠느냐?"

"그렇지 않습니다."

"남들이 알면 비웃을 텐데."

"정승 판서처럼 높으신 분들도 다 첩이 있고 또 기생과도 잠자리를 같이 하는 것이 상례이옵니다."

"으흠. 이런 일도 다 있구나!"

그날 오두방은 난생 처음으로 기생과 같이 잠자리를 하게 되었다.

그러나 어떻게 할지를 몰라 닭이 개 쳐다 보듯 강 건너불 구경 하듯 하고만 있었다.

이제나 저제나 기다리고 있던 기생은 밤이 깊어도 사또가 손도 잡으려고 하지를 않자 물었다.

"사또 나으리는 한 번도 외도를 안하셨는가요?"

그러자 오두방은 자세를 고쳐 앉으며

"사대부가 어찌 자기 여자가 아닌 남의 여자를 넘볼 것이며 그래서야 체면이 서는가? 허흠흠."

"그럼 다른 사람의 처와는 동침한 적이 한 번도 없으시단 말이죠?"

"옛 성현의 말씀에 내가 남의 처를 훔치면 남이 내 처를 훔친다고 했느니 어찌 그런 짓을 할 수 있더냐?"

기생이 가만히 생각을 해보니 말로는 될 것이 아니었다. 그래서 앞가슴을 슬쩍 열어놓고 치마도 걷어 올리고 자는 척하고 누워 사또의 거동을 살폈다.

오두방이 아무리 그 방면에 문외한이더라도 여인의 은밀한 곳을 보니 마음에 발동이 안 걸릴 수 없었다.

한참을 바라보며 침만 꿀꺽꿀꺽 삼키다가 더는 참지를 못하고 기생을 끌어 안고 말았다.

기생은 매우 놀라는 척하며

"고매한 인품을 가진 사또께서 이게 대체 무슨 일입니까?"

라고 품에서 빠지며 앙탈을 부렸다.

"가만히 있거라. 내가 수행관에게 자세하게 물어보아 너와는 동침하는 것이 예의라는 것을 알고 있느니라."

이 말을 들은 기생은 '그러면 그렇지 저는 사내가 아닌가'라고 생각하며 큰소리로 웃었다.

사또는 일을 서두르더니 금새 끝이 나고 말았다.

기생이 생각을 해보니 요란한 잠자리의 경험이 한번도 없는 것이 분명했다. 그리하여 온갖 기술을 다하여 사또를 녹이리라 생각하고 다시 달려들어 허리를 끌어 안고 입을 맞추고 요란하게 한판 놀았다.

오두방은 처음 당하는 일이라 기생이 하는 대로 몸을 맡겼더니 온갖 해괴한 짓을 다 하는데 정신을 차릴 수가 없이 혼미해졌다.

다음 날 오두방은 이방을 불러

"기생을 다스리는 자를 즉시 잡아오너라!"

라고 추상 같은 명령을 내렸다.

이리하여 기생의 우두머리인 수노와 어젯밤 수청을 들었던 기생이 불려왔다.

오두방이 위엄서린 목소리로 수노와 기생을 향해 말했다.

"자고로 수청 기생이란 편안한 잠자리를 마련하는 것이 아니더냐? 그런데 어젯밤의 기생은 내 몸을 붙들고 입을 맞추고 흔들고 온갖 짓을 다하니 이런 해괴하고 불경스런 일이 어디 있느냐? 이는 마땅히 벌을 받아야 할 것이니라."

"소인에게는 아무 죄가 없는 줄로 압니다."

기생이 억울하다는 표정을 지으며 말했다.

"허허, 나는 네가 무슨 병이 아닌가 생각하고 있는 데도?"

그러자 듣고 있던 수노가

"그것은 죄가 아니옵고 병은 더욱 아닙니다. 무릇 남녀의 교접이란 극에 이르면 극락세계와 같아 성인도 이곳에 도달하기는 쉽지 않다고 하였습니다. 기생이란 이런 기술을 터득하여 잘 모시는 것이 본연의 임무이온데 어찌 상은 못 내리시고 벌을 준다 하십니까?"

라고 말했다.

오두방이 가만히 생각해보니 그도 그럴듯해서 곧바로 주위를 물리고 그 기생과 다시 한판을 시작했다.

기생은 이 기회에 사또를 단단히 잡지 않으면 큰일 나겠다싶어 이번에는 가만히 있었다.

오두방이 혼자서 아무리 열심히 해봐도 어제 저녁 같은

기분을 느낄 수가 없었다.

그래서 기생에게 어제 저녁과 같은 행동을 해주기를 말했지만 거절을 하며 말했다.

"사또 나으리, 소인이 또 그렇게 했다가는 목이 두 개라도 당할 수 없을 겁니다. 점잖으신 체면에 어인 해괴망칙한 짓이옵니까?"

그러자 애가 달은 사또는 애걸복걸을 했다.

기생은 못 이기는 척하고 기술을 발휘했다.

흡족해 하며 일을 끝낸 오두방이 중얼거렸다.

"내가 지금까지 이렇게 좋은 것이 있다는 것을 모르고 살았으니 헛 살은 것이다. 학문이 높고 벼슬이 아무리 높아도 이를 모른다면 아무 쓸모가 없을 것 같구나. 왜 사대부들이 첩이 필요한지를 이제야 알것 같으니…… 집에 있는 마누라는 너무 조용한 게, 병이나 아닐런지!"

목숨을 빼앗겨도 할 수 없으니

경상도 상주 지방에 한 사내가 있었는데 아이가 홍역에 걸려서 간호를 하느라 보름이 넘도록 아내와 잠자리를 같이 못하였다.

아이의 병이 다 나아갈 즈음 사내가 아내에게 은근히 말했다.

"우리가 젊은 혈기로 하루도 거르지 않고 밤일을 하다가 아이의 병 때문에 벌써 보름이 넘도록 굶었으니, 허기가 져서 모든 일에 의욕이 떨어지고 마음이 울적해서 견딜 수가 없구려. 오늘 밤엔 어찌해 봐야 겠소."

이 말을 들은 아내는 크게 놀라며 말했다.

"당신은 사람이 어찌 그렇소? 자식보다 그게 더 중요하단 말이에요? 만약에 부정이라도 타서 호구별성마마(홍역신)가 노하시면 그 뒷감당을 어떻게 하실 작정이세요?"

"그건 걱정이 없소. 호구마마라고 해서 잠자리를 같이 안 하겠소? 더구나 오늘 밤만은 그냥 못 넘기겠으니 그리 아시오."

아내는 남편이 더 이상 견딜 수 없어 함을 알자 이렇게 말했다.

"그럼 목욕재계하고 몸을 정결하게 한 다음 정화수라도 떠놓고 축원이라도 한 후에 일을 치르도록 하시어요."

저녁이 되어 사내는 아내의 말처럼 하고 축원을 했다.

"소인이 호구별성마마께 지성으로 비오니, 사람이 소나 돼지와 다른 것이 무엇이겠습니까? 젊은 부부가 오랫동안 잠자리를 같이 못하여 병이 날듯 하오니 오늘 한번만 어여쁘게 봐 주시길 바랍니다."

이때 지나가던 순라군이 이 소리를 듣고 목소리를 내리깔며 장난을 쳤다.

"내가 지금 허락을 하노니 바로 거행토록 하여라."

이 소리를 들은 사내는 아내의 손을 이끌며

"그것 보시오. 호구별성마마의 분부가 있질 않소."

라면서 열성적으로 일을 치루기 시작했다.

한 차례의 태풍이 지나가자 그들은 정화수를 향해 넙죽이 절을 했다.

"마마의 분부로 일을 치루게 되었으니 재배로 감사의 표시를 합시다."

이때 창문으로 몰래 구경을 하던 순라군이

"다시 한번 치루도록 하라."

라고 말을 했다.

그러자 사내는 좋아하며 또다시 열렬하게 아내를 끌어당겼다.

이 일이 끝난 후 재배를 하는데 또 한번 치루라는 소리가 들리자 부부는 서로 얼굴을 쳐다보고는 또 일을 치루었다.

이러기를 일곱 번을 하고 나니 사내는 숨을 헐떡거리며

"아이구! 이젠 호구별성마마가 직접 찾아와서 목숨을 내어 놓으라고 해도 못하겠다."

라면서 기진맥진하여 쓰러졌다.

도로 아미타불 축원

지리산 어느 절에 불공에는 뜻이 없고 잿밥에만 생각이 굴뚝 같은 중이 있었다.

어느 날, 한양에 가서 잔칫집에 들려 이것 저것을 바랑에 잔뜩 넣어 지고 오다가 숙박지를 정하지 못하였는데 날이 저물었다.

이곳 저곳을 헤매다가 어느 집 헛간에 자리를 잡게 되었다.

하루종일 돌아다녀 몸이 피곤한지라 일찍 잠이 들었는데 잠결에 이상스러운 소리가 들려 잠을 깼다.

"우리가 하루도 쉬지 않고 이렇게 사랑을 열렬하게 나누는데 아직도 자식이 없으니 어인 연고인지 모르겠구려."

가만히 들어보니 부부가 사랑을 나누며 남편이 부인에게 하는 말이었다.

"혹시 이 일만 열중을 하고 삼신 할머니나 부처님께 축원을 하지 않아서 그런 것이 아닐까요?"

"그런가 보네."

"그런데 낭군께서는 어떤 자식을 원하시고 있나요?"

"나는 용맹스럽고 지략이 뛰어나 사내 대장부로서의 맹위를 떨치고 부모에게 효도하는 씩씩한 아들을 원하오. 부인은 어떻소?"

"저는 재색을 겸비한 딸을 낳아 황후는 못 되어도 재상가의 며느리는 되어 많은 종을 거느리고, 없는 것 없이 살아 친정 부모에게도 그 혜택이 미치는 그런 계집아이를 낳고 싶어요."

"그럼, 우리 그런 소원을 빌어봅시다."

중이 이 소리를 듣고 궁금하여 창문을 뚫고 안을 들여다보았으나 벌거벗은 두 사람의 모습은 차마 볼 수가 없었다.

그래서 창문 밑에 쪼그리고 앉아서 두 사람의 축원을 들었다.

"성조도감신령전에 대마구종 조성지원이오, 색장구종 조성지원이오, 행수사령 조성지원이오, 인배사령 조성지원이오, 고직방직 조성지원이오, 기수뇌자 조성지원이오, 기총대총 조성지원이니 부디부디 원을 따라 조성조성 하여지이다. 삼신점지로 제석전 수청지녀 점지지원이오, 선정각시 점지지원이오, 전갈비자 점지지원이오, 모전분전말루하 점지지원이오, 아기유모 점지지원이오, 의녀무녀 점지지원이오, 수모중매 점지지원이니 한 번 양정을 받아 원대로 점지하소서!"

아무리 속세를 떠난 중이라고 해도 눈으로 남녀의 희롱을 보니 자신도 모르게 음심이 동하여 다음과 같이 축원을 했다.

"나무아미타불. 불전인도화상 출생지원이오, 법고화상 출생지원이오. 어찌 홀아비 중이 홀로 아이를 낳을 수 있으리오. 아미타불도 그 일만은 못하시고, 관음보살도 생남생녀 했다는 말을 나는 아직껏 듣지 못했네. 방생시주 하시는 안방의 양위부처는 음양 배합을 잘하여 좋으나 문 밖의 객승은 아직 아름다운 짝이 없어 어떻게 해 볼 수가 없으니."

산적에게 잡혀가도 정신만 차리면

경기도 어느 고을에 한 선비가 있었다.

그는 집안이 몹시 가난하여 장가를 늦게 들었으나 부인이 절세미인일 뿐 아니라 재주가 뛰어나 재물을 모으는데 힘을 쓰니 결혼한 지 일 년도 안 되어 생활이 윤택하게 되었다.

그러던 어느 날.

처가집에 일이 생겨 함께 가게 되었다.

길을 떠난 지 열흘이 되는 날 어느 주막에서 뜻밖의 일을 당했다.

저녁을 먹고 막 자리에 들려는데 말 소리와 사람의 소리로 밖이 요란해졌다.

선비는 무슨 일인가 하여 옷을 입고 불을 켜 바깥의 동정을 살피려는데 돌연 한 사람이 방문을 열고 불쑥 들어섰다.

그는 덩치가 매우 크고 눈이 부리부리하며 얼굴은 온통 시커먼 털로 덮여 있었고 호랑이 가죽으로 만든 옷을 입고 있었다.

그 산적 같은 사내는

"이렇게 밤늦게 찾아와 소란을 피우는 것을 형께서는 용서하시오."

라며 방이 쩌렁쩌렁 울리는 목소리로 말했다.

"장군은 어떤 사람이길래 무슨 일로 이 가난한 선비를 찾으셨소?"

"나는 깊은 산에서 부하를 오백이나 거느리고 온갖 부귀가 부럽지 않게 살고 있는 사람이오."

"그런데 어찌하여?"

"재물은 부러운 것이 없이 가지고 있으나 아직까지 장가를 가지 못한 것이 흠이요."

"부하가 그렇게 많고 재물이 많은데 어찌하여 규수를 못 구했단 말이오?"

"그것은 시골 처녀들은 하나같이 우둔하거나 그렇지 않으면 돈만 밝히기 때문이라, 그래서……."

"그래서?"

"소문에 듣자하니 형의 부인이 현숙하며 미모 또한 출중하다고 하니 내가 이렇게 부탁을 드리는거요."

"부탁이라니?"

"형이야 글 읽는 선비이니 언제라도 현숙한 부인을 얻을 수 있을 것이 아니겠소? 그러니 지금의 형의 부인으로 하여금 나를 내조하도록 부탁하는 것이니 부디 물리치지 마시오."

"……?"

이 말을 들은 선비는 어이가 없어서 말이 나오지 않았다.

"그렇다고 형의 부인을 그냥 데려가는 것이 아니라 현금으로 오천 냥을 드릴 것이니 그것으로 다시 장가를 가면 될 것이 아니오."

그제서야 정신을 차린 선비는

"세상에 이런 법이 어디에 있오? 남의 아내를 힘으로 빼앗으려하고 더군다나 돈까지 받고 팔라니 말도 안 되는 소리요!"

라고 소리를 치며 몸을 부들부들 떨었다.

그러자 산적이 껄껄 웃으며 말했다.

"허허, 형의 생각은 어찌 이렇게 모자란단 말이오. 저 밖을 보시오. 내가 데리고 온 병사들만도 백 명이 넘소. 형이 거절을 한다고 하여 내가 그냥 돌아가리라 생각하는 거요?"

"그렇다면?"

"만약에 오천 냥을 받고 아내를 넘겨 준다면 형도 무사하고 우리가 서로 좋지만 거절을 한다면 형은 돈 잃고 마누라 잃고 자신의 목숨도 보존하기가 쉽지 않을 것이오."

"……?"

그때 옆방에 있던 선비의 아내가

"여보! 잠깐만 이리로 건너 오세요."

라고 불렀다.

선비가 옆방으로 가자 아내가 말을 했다.

"이것은 싸운다고 될 일이 아닌듯 하옵니다."

"그러니 어쩌란 말이오?"

"저들은 큰 도적의 무리인데 어찌 당신 혼자 힘으로 당할 수가 있겠어요?"

"내가 힘이 없음이 한탄스러울 뿐이오."

"그렇다고 계속 버티다가는 우리 둘다 좋지가 못할 것이 뻔한 일이에요. 그 동안 당신을 만나 사랑받고 산 것만 해도 소첩은 분에 넘치는 것이었습니다."

"무슨 말이오. 당신이 없는 집안으로 시집을 와서 여태까지 고생만 했으니 미안할뿐이오."

"오천 냥이면 당신은 다시 새장가를 들어 많은 전답을 사서 고생하지 않고 살 수 있을 것이고, 소첩이 저 사람에게 몸을 허락하면 홀대하지는 않을 것 같으니 그렇게 하는 것이 좋을 듯하옵니다."

"아니! 저런 도둑놈한테 당신을."

산적이 가만히 들어보니 과연 여인의 말이 구구절절 맞는지라 기분이 몹시 좋았다.

"달리 방도가 없으니 부디 서방님의 행복을 비옵니다. 흐흑."

"내 명색이 사내 대장부거늘 죽어도 당신을 보낼 수 없소."

"이러다가는 모든 일을 그르치게 되니 어서 나가서 허락을 하시어요."

선비가 울면서 밖으로 나오자 산적이 말했다.

"허허허, 과연 부인께선 소문대로 현명하시오. 헌데 형은 어찌 그토록 우둔하시오? 스스로 화를 불러들일 셈이오?"

일이 이쯤 되자 선비의 처는 종을 불러

"나는 지금 바로 저 장군을 따라서 산채로 갈 것이니 내가 머리를 빗고 새옷으로 갈아입을 동안 너는 기다리도록 하여라."

라고 말을 했다.

이 말을 들은 산적은 몹시 기뻐하며 오천 냥을 선비에게 던져 주었다.

선비는 두 자루의 돈을 앞에 두고 넋을 놓고 앉아 있을 뿐이었다.

산적은 선비에게 큰 절을 하고 교자를 호위하여 떠났다. 선비는 아내를 목메이게 부르며 따라 갔지만 도적들에 의해서 더 이상 따라 갈 수가 없었다.

크게 울면서 방으로 들어오는데 아니 이게 웬일인가!

아내가 생글생글 웃으며 앉아 있는 것이 아닌가!

"아니! 여보! 도대체 어떻게 된 일이오?"

선비는 아내를 끌어안으며 물었다.

"그 산적놈이 마음먹고 나를 빼앗아 간다면 당신이 무슨 수로 그놈을 대적하겠어요?"

"그래서?"

"다행히 그 산적이 나를 한 번도 본 적이 없으니 몸종 가운데서 예쁘고 나이가 찬 아이를 골라 보내었지요."

"허허, 그런 줄도 모르고 나는."

"우리는 돈 오천 냥을 얻어서 좋고 그 아이 또한 부귀를 얻게 되었으니 나쁠 것이 없지요."

"과연 당신은 재색을 겸비한 현모양처요."

선비는 아내를 와락 끌어안으며 입을 맞추었다.

올 때는 마음대로 왔지만

한 거지가 겨울에 길가에서 추위에 떨고 있었다.

아무도 동냥을 하는 사람이 없었는데 지나가던 늙은 과부가 불쌍히 여겨 집으로 불러들이고는 따듯한 밥을 먹이고는 사랑채에서 재웠다.

그런데 그날 밤중에 과부가 가슴이 답답하여 눈을 뜨니 거지가 이상한 짓을 하고 있는 것이 아닌가!

과부는 화가 몹시 나서 거지에게 호통을 쳤다.

"네 이놈! 배은망덕한 놈! 네 놈이 이러고도 살아남기를 바라느냐? 포도청에 알려 물고를 내게 하리라!"

그러나 거지는 들은 체도 않하고 하던 일을 계속하니 오히려 과부가 발동이 걸렸다.

이를 눈치 챈 거지가 오히려 능청을 떨며 일어나는 체 하였다.

"죄송하게 되었습니다. 그럼 물러나겠습니다."

그러자 과부가 더욱 화를 내며

"네 이놈! 그렇게 하면 동네 사람을 불러 멍석말이를 하리라!"

라며 거지의 허리를 움켜 쥐었다.

"그러면 어찌하라는 말씀이오?"

"네가 올 때는 마음대로 왔지만 갈 때도 마음대로 갈 것 같으냐?"

요강이 없으니

강원도 어느 고을에 물려 받은 재산이 많은 아름다운 과부가 살고 있었다.

큰집에서 유모와 둘이서만 지내고 있었는데, 어느 날 유모가 일이 있어서 자기 집에 다니러 가게 되었다.

과부는 이웃집에 부탁을 했다.

"혼자 자는 것이 무서워서 그러니 집의 돌쇠를 좀 보내 주시어요. 대접은 잘해서 보내지요."

"같이 자게?"

"망칙스럽게. 집이 큰데 아무 데서나 자면 어때."

돌쇠는 나이가 스물이 넘었으나 약간 모자라는 편이어서 아직 남녀 관계의 자세한 것을 몰랐다.

돌쇠는 젊은 과부에게 저녁을 후하게 얻어먹고 마루에서 네 활개를 펴고 잠을 잤다.

젊은 과부는 안방에서 잠을 자는데 돌쇠의 코고는 소리가 어찌나 큰지 제대로 잘 수가 없었다.

그래서 머리를 높여 줄려고 가까이 갔다가 기절을 했다.

잠이 든 돌쇠의 잠방이 사이로 뻣뻣한 것이 튀어나와 있는 것이 아닌가!

밤은 깊고 오랫동안 사내를 가까이 하지 못했던 과부는 마음이 동해서 어떻게 할 것인가를 생각했다.

그래서 가만히 돌쇠의 바지를 벗긴 다음 자기 혼자 실컷 즐기고 방으로 갔다.

이튿날도 유모가 오지 않자 과부는 다시 돌쇠를 불렀다.

이웃집 여인이 돌쇠에게

"옆집에는 먹을 것도 많으니 오늘밤도 가서 잘 먹고 자고 오너라."

라고 말을 했다.

그러자 돌쇠가 고개를 갸우뚱하며 물었다.

"그집 아씨가 그렇게 부자는 아닌가베요?"

"그게 무슨 소리냐?"

"부자집에서 요강도 하나 못 사놓고 살더라니까요."

"요강이라니?"

"글쎄, 어제 밤이 깊었는데 아씨가 안방에서 나와 소인의 바지를 까내리더니 그곳에다가 소피를 보시더라니까요."

"……."

홍합은 홍합인데

김천 고을의 사또는 건망증이 어찌나 심하던지 좌수의 성을 오늘 알려주면 다음 날은 잊어버릴 정도였다.

어느 날, 사또가 또 좌수의 성을 물었다.

"홍가입니다."

좌수는 대답을 하고 사또가 자꾸 자신의 성을 잊어버리는 것이 답답하여 벽에다 홍합을 하나 그려서 붙여 놓았다.

며칠이 지나서 사또는 또 좌수를 보더니

"그대의 성이 무엇이더라?"

라고 묻고 한참을 생각하더니 옆에 그려 있는 홍합을 보고 생각이 난다는 듯이 좋아했다.

"옳거니, 그래 이제야 생각이 나는군."

"제 성이 무엇인지 생각나십니까?"

좌수가 신기하다는 듯이 물었다.

"그래, 보가였지?"

그것은 마치 홍합이 여자의 그것같이 생겼기 때문이었다.

그러자 좌수가

"보가 아니고 홍입니다."

라고 신경질적으로 말했다.

이 말을 들은 사또는 허허 웃으며 말했다.

"그렇지 그래, 내가 또 홍합을 잊고 있었구만!"

다 타고 기둥만 남았으니

충청도 어느 고을에 한 소경이 살고 있었다.

어느 날.

아내와 함께 있는데 밖에서 매우 시끄러운 소리가 들리자

"웬 소리가 이렇게 시끄럽소?"

라고 물었다.

아내는 남편의 가슴에 사람 인(人)자를 써 주었다.

"아니? 불이 났단 말인가?"

(양쪽에 젖이 있으니 불화(火)자가 되는 것이다.)

"대체 어디서 불이 났다는가?"

그러자 아내는 남편의 손을 이끌어 자신의 엉덩이를 만지게 했다.

"샘골에서 났어? 대체 어느 집인가?"

이번에는 남편의 이를 손가락으로 찔렀다.

"음, 이 생원네라면 살기가 곤궁한 집일텐데. 얼마나 탔소?"

그 말을 들은 아내는 남편의 그것을 손으로 꽉 쥐었다.

그러자 소경은

"아이구! 불쌍하게 되었군."

라고 혀를 쯧쯧 찼다.

"왜요?"

"다 타고 앙상한 기둥만 남았으니."

이 말을 들은 아내는

"더 타서 아주 없어지기 전에……."

라면서 남편을 끌어 안고 사랑을 나누기 시작했다.

사랑을 나누어야 떨어지는 액운

정선 고을에 몸가짐이 매우 바르고 주색을 멀리하여 많은 사람들로부터 존경을 받는 유 진사가 살고 있었다.

유 진사는 한 가지의 버릇이 있었는데 멀리 출타를 할 때마다 점쟁이를 찾아가 점을 치는 것이었다.

어느 날도 한양을 갈 일이 생겨 점쟁이를 찾아갔다.

"내가 이번에 한양을 무사히 다녀올 수 있는가를 좀 봐주게."

점쟁이는 점괘를 보더니

"이번 행로에는 액운이 많이 끼었소이다. 사흘째 되는 날에 횡사할 운이 있으니 피하시는 게 좋을 듯합니다."

라는 말을 했다.

"횡사라니? 이번 한양에는 꼭 가야하거늘 달리 방도가 없겠는가?"

"시집 못 간 처녀 귀신이 발목을 붙드니 안 가시는 게 …….."

"처녀 귀신? 그러지말고 다른 방도를 찾아보시게."

한참을 생각한 점쟁이가

"으음, 한 가지 방도가 있기는 한데."

"그게 무엇인가?"

"그 방법을 나으리께서 할 수 있을런지 모르겠습니다. 길을 떠나서 사흘째 되는 날 처음으로 만나는 여인과 정을 통하면 그 액을 피할 수 있을 겁니다."

"거, 괴이한 방법이로고!"

다른 사람 같았으면 좋아했겠지만 워낙 몸가짐을 바르게 하는 유 진사인지라 여간 곤란한 것이 아니었으나 액운을 피하는 방법이라고하니 가슴에 명심을 하고 떠났다.

사흘째 되는 날이었다.

꽤 이른 아침이었는데 우물에서 물을 긷는 삼십이 넘어 보이는, 얼굴은 절색인데 병색이 완연한 여인을 만났다.

유 진사는 말에서 내려 가만히 그 여인의 뒤를 따르며 하인에게

"이 길로 주막에 먼저 가 말도 먹이고 너도 쉬도록 하여라. 나는 내일 아침에 그리로 가겠다."

라며 말 고삐를 주었다.

유 진사가 여인을 따라가보니 어느 집으로 들어가는데 집안이 매우 조용하고 쓸쓸해 보였다.

유 진사가 집 안으로 들어서자 이상히 여긴 여인이

"남녀가 유별한데 어찌 저를 따라 오시는지요?"

라고 물었다.

유 진사는 여인의 앞에 무릎을 꿇고

"소생은 정선 사는 유 진사라 하옵니다. 매우 긴박한 사정이 있어서 그러니 용서하시길 바랍니다."
라고 정중하게 말을 했다.

그러자 여인이 도리어 깜짝 놀라

"대체 왜 이러시는지요?"
라고 되물었다.

그제서야 유 진사는 자세를 고치며 말했다.

"소생은 한양을 가는 길인데 이번에 길을 떠나기 전에 점을 보았더니 사흘째 되는 날에 횡사를 한다는 것이었습니다."

"그래서요?"

"그 횡사를 막는 방법은 처음 만나는 여인과 정을 통하면 된다고 하니 사람이 할 짓이 아닌 줄 알면서도 뒤를 따라오게 되었으니 용서 바랍니다. 그러나 사람의 목숨이 달린 일이오니 제발 이 죽을 목숨을 살려 주시길 바랍니다."

"하지만 어떻게……."

"이는 소생이 부인을 탐내거나 부인이 음탕해서가 아니라 한 사람의 목숨을 구하는 일이외다."

마침 그 여인은 남편과 사별한 과부로 얼마 전부터 아픈 곳이 없이 시름시름 앓아오고 있는 터였으나 그것을 내어 놓고 말할 수는 없었다.

"제가 비록 과부이기는 하오나 아직까지 그런 일로 해서 사람들의 입에 오르내린 적은 없습니다."

"저 또한 마찬가지입니다."

"사정이 그러하니 어쩔 수 없지요. 사람의 목숨이 더 중요한 것이나 그러나, 어찌……."

"제발 이렇게 다시 엎드려 비옵니다."

유 진사는 다시 여인의 발 아래 엎드려 간곡하게 애원을 했다.

"그렇지만, 아무리 과부라한들 대낮에 낯모르는 사내에게 몸을 내어줄 수가……."

"그렇다면 밤이 되기를 기다렸다가 다시 오겠습니다."

밤이 되었다.

과부는 몸을 정갈하게 씻은 다음 유 진사를 받아들였다.

서로 액운을 피하고자 하는 일이었으나 막상 일이 시작되자 과부가 어찌나 열렬하게 사랑을 하여 오는지 유 진사는 한숨도 자지를 못했다.

아침이 되자 과부는 아침상을 잘 차려 대접하며

"제가 몸을 허락한 것은 선비님의 목숨을 구하기 위함이었으나 저의 병도 하룻밤 사이에 깨끗하게 나았으니 오히려 제가 감사를 드려야겠습니다."

라고 말을 했다.

유 진사가 그 말을 듣고 자세히 보니 과연 병색이 깊던 어제의 얼굴이 아니라 화사하고 고운 얼굴이 되어 있었다.

어쨌거나 자신을 위해서 몸을 허락해준 여자인지라 정중하게 감사를 표하고 종이 기다리는 주막으로 향했다.

주막에 들어서자 기다리던 종이 달려나와 뜻밖의 소식을 전했다

"어제 나으리와 헤어지고나서 제가 말을 몰고 주막으로 가는데 갑자기 다리가 무너져 말은 떨어져 죽고 저는 겨우 목숨을 부지할 수가 있었습니다요."

이 말을 들은 유 진사는 급히 그 여인이 살던 집으로 달려가보았으나 집도 찾을 수 없었을뿐더러, 지난밤에 그토록 뜨겁게 사랑을 나누던 여인의 발자취 또한 찾을 수가 없었다고 한다.

때리는 시어미보다 말리는 시누이가 밉다

영광 고을에 수염이 너무 많아서 남에게 놀림을 받는 안 진사가 살고 있었다.

어느 추운 겨울날 주막에 들러 막걸리를 청했다.

그러자 일하는 아이가 안 진사의 얼굴을 유심히 쳐다보더니

"손님, 술을 받아서 가시게요?"

라고 물었다.

"아니다. 예서 먹고 갈란다."

안 진사가 대답을 하자 아이는 이상하다는 듯이 물었다.

"입은 없고 온통 수염투성인데 어디로 마시려는지요?"

이에 안 진사는 화가 나서 말했다.

"이놈! 입이 뒤통수에 달린 사람도 있다더냐? 이것은 입이 아니고 무엇이더냐?"

그때 주막 주인이 이 광경을 보고 아이를 불러 꾸짖었다.

"이놈아! 하라는 일을 안하고 웬 쓸데없는 참견이냐? 사람은 누구나 이목구비를 가지고 있는 법인데 그것도 모르

느냐?"

아이를 꾸짖는 것을 본 안 진사는 기분이 좋았다.

그러나 다음 말을 듣는 순간 마시던 술을 놓고 나왔다.

"말은 수염이 아무리 길어도 눈이 그 아래에 있고 개는 꼬리가 아무리 커도 항문이 그 가운데 있지, 털이 많다고 구멍이 없다더냐? 그리고 손님이 수염이 길어 술을 마시다가 술잔에 털이 얼어붙건 말건 네 녀석이 무슨 참견이냐?"

헛된 세월만 보내니

파주지방에 재치가 뛰어난 기생이 살고 있었다.

기생의 집에는 언제나 많은 사람들이 찾아왔는데, 어느 날 기생은 사내들의 별명을 붙여 보기로 했다.

한 사람이 먼저 와서 자리에 앉는 것을 보고 기생이 말했다

"마 부장이 오셨군요."

이어 두 사람이 들어오는 것을 보고 기생은

"어이구! 우 별감과 여 초관이 오시는구려."

라고 말했다.

그러자 와 있던 사람들이

"자네 어찌 우리들의 성을 하나도 모르는가?"

라고 기생이 사람들의 성을 모두 틀리게 말하는 것에 대해서 물었다.

그러자 기생이 이렇게 말했다.

"모두 저와는 그렇고그런 사이인데 제가 어찌 모를 리가 있나요."

"그런데 왜 엉뚱한 성씨를 부르는 겐가?"

"다 이유가 있지요."

"그거 한번 들어보세."

그래서 기생은 그 이유를 말하기 시작했다.

"몸이 크면 그것도 크니 마씨요, 몸은 작으나 그것은 엄청나게 크니 여씨요, 입성도 제대로 못하니 우씨가 아닌가요?"

이 말을 들은 사람들이 그럴싸해서 모두가 웃었는데 그 중에 별명을 받지 못한 한 사내가 물었다.

"나는 어찌 별호가 없는고?"

"매일 오기는 오는데 헛되이 시간만 보내다가 그냥 가시질 않나요?"

"그렇긴 한데?"

"그럼, 허 생원이지요."

세월이 흘러도 변하지 않는 건

전라 감사 대부인의 회갑 잔치 때 있었던 일이다.

관직에 있는 사람들의 부인과 세도께나 부리는 집안의 부인들은 다 모여 축하를 하고 선물을 바쳤다.

그런데 그 자리에 전주 판관의 부인이 빠졌는데 점심때가 되어도 오지 않자 젊은 기생을 보내어 오도록 했다.

젊은 기생이 판관의 집에 가보니 집 안이 조용하고 사람이 보이질 않아 이곳 저곳을 찾다가 안방에서 이상한 소리가 나 창문으로 엿보았다.

방안에서는 판관 부부가 마침 일을 벌이고 있는 중이었다.

젊은 기생은 호기심으로 한참을 구경하다가 돌아가 그 사연을 자세하게 얘기하지 못하고 웃기만 하다가 어쩔 수 없이 말했다.

"마님께서는 눈이 정신을 잃은 듯 감겨 있고 얼굴의 표정이 아픈 듯하기도 하나 희색이 만연하고, 판관 나으리의 몸에 눌려 있어 전갈을 전하지 못하였습니다."

이 말을 들은 모든 부인들이 배꼽을 잡고 웃었다.

그러나 귀가 어두워 알아듣지 못한 대부인은 다른 사람들이 마구 웃으니 그 연유를 물었다.

"무슨 일이 그렇게 즐거운지 이 늙은이에게도 알려 주게."

그러자 부인들이 슬쩍 둘러댔다.

"어린 동기들이 하는 꼴이 귀여워서 웃었습니다."

이에 대부인이 화를 벌컥 냈다.

"이제 보니 젊은 것들이 노인을 앉혀놓고 흉을 보고 그것을 가지고 웃고 짓까불고 난리를 피우다니, 내가 이렇게 웃음거리가 될 줄 알았다면 잔치를 열지 않았을 것이다."

이렇게 되자 부인들은 사실대로 말할 수밖에 없었다.

"판관 부인이 남편과 그 일을 치루고 있었다고 하옵니다."

"뭐라고? 잔치를 잘 차렸다고?"

부인들은 대부인이 알아들을 때까지 큰소리로 말했다.

때마침 판관 부인이 들어오다가 이 말을 듣고 입장이 난처해져서 나타날 수도 돌아갈수도 없어 어정쩡하게 서 있었다.

정신을 차린 부인이 인사를 올리자 대부인이 웃으며 말했다.

"부끄러워 마세요. 나는 오히려 부럽다오. 내가 젊었을 때도 집양반이 그 일을 하도 좋아하여 여러 번 곤욕을 치루었지요. 그때는 내 머리가 많이 헝클어져 있었는데 어찌 부인의 머리는 단정하오? 세월이 흘러도 변하지 않는 것은 그것뿐이군요."

닭 값은 공짜

한 선비가 밤에 그의 아내와 더불어 희롱하며 말했다.

"내가 오늘 밤에 당신을 극락으로 보내 줄테니 그 보상으로 무엇을 해 주겠소?"

아내는 평소 남편과의 잠자리에서 불만이 많았던지라 반기며 말했다.

"내가 품을 팔아서라도 진수성찬을 해 드리지요."

"그럼 내가 일곱차는 갔다 오리다."

"좋고 말고요."

이리하여 둘은 일을 시작하였는데 남편은 '하나요, 둘이요'하면서 일곱을 세더니 일을 끝냈다.

그러자 아내가 뾰루퉁해서 말하기를.

"이게 무슨 일차 이차입니까?"

"그럼, 무엇이요?"

"이건 쥐가 나무 파먹는 거나 다를 게 없어요. 조용하던 가슴에 일진광풍이 몰아쳐 천둥 번개가 치더니 그윽한 꽃 한 송이가 피어나야 그걸 일차라고 할 수 있지요."

그때 마침 닭 서리를 왔던 사람이 부부의 수작을 듣고

말했다.

"그건 부인의 말이 맞소. 나는 윗마을에 사는 누구인데 술 한 잔 하려고 닭 서리를 왔다가 싸움이 길어질까 판결을 하는 것이오. 닭 값은 다음에 후하게 치루리다."

이 말을 들은 여인이 반기며 말했다.

"명관 사또가 따로 없네. 닭 값은 무슨 값이요, 그냥 가지고 가시오."

집이야 타건 말건 바람아 불어라

셋째마당

파리가 엉덩이를 물으니

파리가 엉덩이를 물으니

한 과부가 슬하에 자식도 없이 사내아이를 하인으로 부리며 살고 있었다.

하인의 나이 열여섯이었으나 숙성하여 몸이 건장한 청년과 같았다.

어느 날.

과부는 하인과 함께 깊은 산으로 뽕을 따러 가게 되었다.

과부는 인적이 없는 산 속으로 가니 은근히 걱정이 되어 하인의 마음을 떠보았다.

"애야, 너는 남녀간에 운우의 정을 나눈다는 것이 무얼 뜻하는지 아느냐?"

"물론 잘 알고 있지요."

"그래, 무엇이냐?"

하인은 다 알고 있으면서 과부의 속을 짐작했는지라 엉뚱한 대답을 하였다.

"그건 맛있는 음식을 서로 나누어 먹는다는 것이지요."

"오호! 그래."

그 말을 들은 과부는 안심을 하고 산으로 뽕을 따러 갔다.

한참 뽕을 따다가 갑자기 하인이 '어이쿠'하며 뽕나무에서 떨어지더니 죽는다고 소리를 질렀다.

과부는 하인의 눈을 뒤집어 보고 물을 떠다가 얼굴에도 뿌려 보았지만 하인의 신음 소리는 더욱 커지기만 했다.

어쩔 줄을 몰라 허둥대는 과부에게 하인이 죽어가는 소리로

"요 산을 넘어가면 얼굴을 가린 신령한 의원이 있다는 소리를 들었어요."

라고 말했다.

"그게 정말이냐?"

"사실이어요."

"그렇다면 내가 달음질로 다녀올테니 그때까지 아프더라도 참고 있어라."

라면서 급히 길을 떠났다.

과부가 떠나는 것을 본 하인은 지름길로 달려가 보자기로 얼굴을 가리고 바위에 앉아 기다리고 있었다.

잠시 후 과부가 숨을 헐떡이며 올라왔다.

"사람이 죽어가고 있으니 살려 주시어요."

과부는 엎드려 증상을 말하고 애원을 했다.

얼굴을 가린 사람은 깊이 생각하는듯 하다가 말을 했다.

"여인의 음기가 너무 넘쳐서 엉뚱한 총각이 다치는구나. 쯧쯧."

"어찌하면 될런지요?"

"방법이 있기는 하지만……."

이에 마음이 다급해진 과부는 다시 애원을 했다.

"하인의 병만 고칠 수 있다면 무슨 일이든 하겠소."

"그렇다면 알려드리리다. 이는 부인의 그 기운을 하인에게 쏘여야 낫는 병이오. 안 그러면 평생 병신이 될 것이요."

과부가 돌아오면서 생각을 해보니 하인 병을 고치고자 몇 년 지킨 수절을 버릴 수도 없거니와, 하인이 병신이 된다고 하니 농사지을 일이 깜깜했다.

어쨌거나 돌아와서 하인에게 전후사정을 말했다.

하인은 시치미를 뚝 떼면서 돌아섰다.

"제가 죽으면 죽었지 그런 짓은 못합니다요."

"그렇지만 어찌하겠느냐, 너마저 없다면 나는 누굴 믿고 이 험한 세상을 살아 간다드냐? 기운만 쪼이면 된다하니 무슨 일인들 있겠느냐. 또한 깊은 산 속에 보는 사람도 없으니 괜찮다."

과부는 옷을 벗다가 생각을 해봐도 부끄러워서 뽕잎으로 그곳을 가리고 누웠다.

"어서 이곳에 네 것을 얹어 기운을 쏘이도록 해라."

"마님, 그러면 어쩔 수 없이……."

하인은 아주 고통스러운 표정을 지으며 눈을 질끈 감고 자신의 것을 얹었다.

조금 후 마음이 먼저 움직인 것은 과부였다.

오랫만에 튼튼하고 씩씩한 남성을 보자 놀라 가슴이 두방망이질을 했다.

그렇다고 체면 때문에 먼저 어떻게 해 볼 수도 없는 노릇이었다.

그러나 아무 것도 모르는 하인이 병이 나아 일어서 버리면 그만이니 안타까울 노릇이었다.

이때 과부는 한 가지 생각을 떠올리고 갑자기 손을 높이 들어 하인 엉덩이를 철썩 때려 누르면서 말했다.

"웬 똥파리가 병고치는 네 엉덩이를 무는구나."

이후부터 과부는 하인을 데리고 뽕을 따러 자주 갔다고 한다.

옷까지 입고 나왔으니

경상도 어느 고을에 아들을 셋 낳은 사람이 있었다.

'고슴도치도 자기 자식의 털은 부드럽다'란 말이 있으나 아무리봐도 자식들이 너무 못 생겨서 고민이 많았다.

그 사람은 생각하기를

'아마 나의 정수가 너무 혼탁해서 그런 모양이니, 내 이번에는 깨끗이하여 잘 생긴 아이를 생산해 보리라.'
라는 생각으로 아내와 잠자리를 같이 했다.

아내와 사랑을 나누며 그 사람은 거기에다 고운 헝겊을 대고 일을 시작했다.

"아니? 당신 거기가 아파요? 왜 헝겊을 대시는 겁니까?"

이상하게 생각한 아내가 물었다.

"정수를 깨끗하게 걸러서 아주 잘 생긴 놈을 낳을 생각이오."

아내도 그러려니하고 열심히 사랑을 나누었는데 뜻하지 않은 일이 발생을 했다.

그것은 그 헝겊이 어디론가 사라져 버린 것이다.

그 뒤 열 달.

이번에도 아들을 낳았는데 아주 잘 생긴 아들이라 사내는 몹시 기뻐했다.

그런데 이상하게도 아이의 등에 헝겊이 붙어 있는 것이 아닌가! 이에 사내는 더욱 기뻐하며 말했다.

"이렇게 아이가 잘 생긴 것은 내가 정수를 걸러서 깨끗이 했기 때문이며 또한 옷까지 입고 나왔으니 이 얼마나 좋은 일인가!"

과부 사정은 홀아비가

전라도 어느 고을에 살림은 넉넉하여 머슴을 부리고 살았으나 슬하에 딸 자식 하나 없이 외롭게 사는 과부가 있었다.

그 과부는 어찌나 행실이 바르고 인심이 후한지 마을 사람들로부터 많은 칭찬을 받고 있었다.

한편, 그 마을에 자식은 여럿이 딸렸는데 사는 것이 변변치 않은 김 생원이란 홀애비가 살고 있었다.

김 생원은 수절하는 과부를 얻으면 만사가 형통이라는 생각이 간절했으나 어찌 할 방법이 없어서 고민을 하고 있었다.

그런던 중에 김 생원은 꾀를 내어 가까운 친구에게 찾아가 부탁을 했다.

"여보게, 내가 그 과부를 얻어야겠으니 자네가 좀 도와주게."

"그 과부를 자네가?"

"그렇지, 나는 홀애비고 그 여자는 과부이니 이 얼마나 좋은가!"

"허허 이 사람아! 어림도 없을 걸세. 그리고 자네야 가진 것이 달랑 ×알 두쪽하고 주렁주렁 달린 새끼들밖에 없질 않는가?"

"그러니까 자네의 도움이 필요한 걸세."

"그럼 내가 어떻게 해 주면 되겠나?"

김 생원은 친구에게 자기의 계획을 털어 놓았다.

"그러니까 자네는 내일 아침에 그 과부집으로 오기만 하면 되네. 이 일이 성사만 되면 내가 크게 한턱 내겠네."

"자네의 생각이 좋기는 하네만 그 수절 과부가 쉽게 따를까? 부족한 것 없이 살고 있지 않는가? 잘못하면 자네만 망신 당하는 것이 되네."

"그런 걱정도 없는 것은 아니네. 그러나 사람이 재산이 많다고 해서 행복한 것은 아니라고 생각하네. 그 과부의 나이가 이제 서른을 갓 넘었는데 그 나이에 여자가 혼자서 사는 것이 썩 좋은 일이 아니지 않는가? 더구나 자식도 없이. 그러니 이 일이 성사가 되면 그야말로 누이 좋고 매부 좋은 것이 아닌가?"

친구는 할 수 없이 김 생원의 부탁을 들어주기로 했다.

다음 날.

김 생원은 새벽에 과부의 집으로 가서 집 안을 엿보니 과부가 부엌에서 불을 때고 있었다.

김 생원은 몰래 뒷문으로 들어가서 과부의 방으로 들어가 옷을 홀랑 벗고 누웠다.

날이 밝아오자 김 생원의 친구는 과부의 집을 찾아갔다.

"아니? 무슨 일로 이렇게 일찍 오시었소?"

과부가 여자 혼자 사는 집에 새벽같이 남정네가 찾아오니 의아해서 물었다.

"오늘 밭갈이를 하려고 했더니 우리집 소가 갑자기 병이 나서 이집 소를 좀 빌리러 왔소이다."

이 소리를 과부의 방에서 들은 김 생원은

"우리도 오늘 소가 꼭 필요하니 다른 집에 가서 알아보게."

라고 말하며 문을 열었다.

"에이그머니나!"

과부가 김 생원의 모습을 보고 기겁을 했다.

"아니! 자네가 어찌 그 방에 있나?"

친구가 시치미를 뚝 떼고 물었다.

"사람이 싱겁기는, 내가 내집에 있는 것이 뭐가 이상한가?"

김 생원은 도리어 친구가 이상하다는 투로 물었다.

"아니? 저 아주머니가 수절을 하고 있다는 사실은 온 동네 사람들이 다 알고 있는데 자네가 거기에 있으니 하는 말일세."

"허허, 이 친구,내가 허락도 없이 어찌 남의 집에서 잘 수가 있는가? 그것도 과부의 집에서, 어젯밤에 힘을 너무 썼더니 피곤해서 잠을 더 자야 겠네. 어서 다른 집으로 가보게."

김 생원이 문을 닫자 친구는

"그것 참, 알다가도 모른 일일세. 하긴 청상과부 수절이 쉬운 일은 아니지."
라며 과부가 들으라는 듯이 조금 큰 소리로 중얼거리며 돌아갔다.

과부는 그때까지도 무슨 영문인지를 몰라 넋을 놓고 있었다.

친구는 과부의 집을 나가자마자 돌아다니면서 소문을 냈다.

그러나 마을 사람들은 과부의 행실을 아는지라 쉽게 믿으려 하지 않았다.

"그렇게 못 믿거든 가서 눈으로 보면 알 것이 아니오?"

이래서 마을 사람 서넛이 과부의 집으로 몰려갔다.

김 생원은 그때까지도 옷을 입지 않고 있다가 문을 열고는

"거참! 별 일도 다 있네. 아직 주인도 일어나지 않은 집에 웬 사람들이 몰려와서 이 난리를 피우는거요?"
라고 말했다.

그러자 사람들은 '정말이네' 하면서 돌아갔다.

이를 본 과부는 얼굴이 새파랗게 질려서 아무 말도 못하고 있다가 그만 정신을 잃고 말았다.

김 생원은 급히 과부를 부축하며 말했다.

"여보게. 인생이 어디 수만 년 살다가 가는 것인가? 잠깐 머물다 가는 것인데, 아직 창창하게 젊은 나이에 무엇 때문에 혼자서 산단 말인가. 내가 아무리 생각을 해도 이 방법밖에 없을 듯하여 일을 꾸몄으니 너무 노여워 말게. 이제 마을 사람들에게는 소문이 다 났고 지금 관가에 송사를 한다고 해도 창피만 당할 뿐이니 어쩌겠나. 과부 사정은 홀애비가 안다고 이렇게 되었으니 우리 한번 잘 살아 보세."

이에 과부는 말은 못하고 눈물만 주르륵 흘릴 뿐이었다.

누가 어리숙한지

한 늙은 선비가 젊고 예쁜 첩을 데리고 살고 있었다.

어느 날 첩이 고향에 다녀오겠다고 하자 선비는 딸려보낼 종 고르는 일이 걱정 되었다.

여러 가지 생각 끝에 어리숙한 종을 골라 보냈다.

첩과 종은 길을 가다가 큰 개울을 만나게 되었는데, 마침 여름이라 나무에 말을 매어 놓고는, 첩은 물에 다리를 담그고 쉬고, 종은 벌거벗고 미역을 감았다.

첩이 가만히 보니 종의 물건이 주인의 것에 비해 너무나 크고 좋은지라 음심이 동했다.

"너 그 다리 사이에 달린 것이 무엇이더냐?"

넌지시 첩이 묻자 종은 모르는 체 대답했다.

"글쎄요. 어릴 때 조그만 혹 같더니 이렇게 점점 커졌습니다."

"오호! 그러냐. 나도 어릴 때부터 가랑이 사이에 작은 구멍이 있더니 점점 커져서 지금은 그 끝을 측량할 길이 없구나!"

이리하여 첩과 종은 운우의 정을 마음껏 나누었다.

한편 젊은 첩을 보내고 마음이 놓이지 않은 늙은 선비는 곧바로 뒤따라 갔더니 종과 첩이 붙어 뒹구는 것이 보였다.

"네 이놈! 지금 무슨 짓을 하는 게냐?"

선비는 호통을 치며 종을 나무랐다.

그러자 종은 주머니에서 끈을 꺼내며 말했다.

"아씨께서 개울을 건너야 하는데 가랑이 사이에 생구멍이 생겨 그 깊이를 측량할 길이 없으니 혹시나 물이 들어갈까 두려워 소인이 꿰매려하고 있는 중입니다요."

그 말을 들은 늙은 선비는

"오! 너야말로 착한 종이로구나. 그 구멍에 함부로 손을 대면 마른 하늘에 번갯불 만난 듯하니 얼씬도 하지 말거라."

라면서 안심하고 집으로 돌아갔다고 한다.

물건은 원래 주인에게로

전라도 어느 고을에 한 과부가 살고 있었는데 사내를 그리는 병이 깊어 말라가고 있었다.

백약이 무효임을 자신이 아는지라 과부는 귀신에게 빌기로 했다.

"귀신은 천지조화를 잘 부리니 내가 가지고 놀 노리개나 하나 던져 주면 얼마나 좋을까!"

마침 총각 귀신이 이 소리를 듣고 자신의 양물을 떼어서 과부의 방으로 던져 주었다.

과부는 뜻밖에 사내의 큰 양물을 보자 귀신이 자기의 소원을 들어주었다고 기뻐하며 이리저리 굴리며 가지고 놀았다.

한참을 놀다가 과부가

"너는 어디에 쓰는 물건이더냐?"

라고 물었다.

그러자 '펑'하는 소리와 함께 건장한 총각이 나타나더니 가타부타 말도 없이 과부를 데리고 운우의 정을 나누고는 다시 양물로 되돌아 갔다.

과부는 너무나 기뻐 그것을 서랍 깊은 곳에 넣어두고 사내 생각이 날 때마다 꺼내서 즐겼다.

그날 이후부터 과부의 얼굴에 화색이 돌고 살도 찌기 시작했다.

어느 날 과부는 일이 생겨 이웃집 과부에게 집을 부탁하고 길을 떠났다.

이웃집 과부가 어찌하다가 양물을 발견하고는 너무 이상하여

"이것이 어디에 쓰는 물건이더냐?"

라고 하자 불쑥 건장한 총각이 나타나더니 강제로 일을 벌이고는 다시 양물로 돌아갔다.

너무나 기이하고 신기하게 여긴 이웃집 과부는 주인이 돌아올 때까지 몇 차례나 즐기었다.

이윽고 주인 과부가 돌아오자 두 과부는 이 물건을 놓고 서로 가지겠다고 싸우기 시작했다.

총각을 불러내고도 서로 먼저 하겠다고 우기다가 일을 놓치곤 하였다.

그래서 결국은 관가에 송사를 하기에 이르렀다.

사또가 그 물건을 자세하게 들여다 보니 양물인지라

"이것이 대체 어디에 쓰이는 물건인고?"

라고 묻자 역시 건장한 총각이 나타나더니 사또에게 덤볐다.

놀란 사또가 관속들에게 명령했다.

"저놈을 잡아 당장 불 속에 집어 넣어라!"

그러나 타지도 않고 잘라도 잘라지지 않는지라 궁리 끝에 사또는 이렇게 판결하고 말았다.

"할 수 없구나! 그 물건은 과부에게나 필요한 것이니 두 과부가 나누어서 가지도록 하여라."

그 뒤부터 두 과부는 사이좋게 나누어 가지면서 잘 살았다고 한다.

다 그렇고 그러니

친구 넷이 길을 가다가 날이 어두워져 한 민가에 들어가 묵기를 청했다.

그러자 젊은 여인이 나와서 말했다.

"남편이 멀리 싸움터에 나가고 저 혼자서 있사온데 안채는 안되고 행랑채는 비었으니 괜찮으시다면 묵어가시어요."

이 여인의 미모가 천하절색이어서 네 사람은 한동안 넋을 잃고 바라보았다.

한참 후 한 사람이

"우리가 그래도 이름 있는 사대부인데 혼자 사는 여인네를 건드려서야 되겠는가! 우리 아무도 저 여인에게 손을 대지 않는다고 약조를 하세."

라고 제안을 하였다.

모두들 속으로는 생각이 있었으나 겉으로는 안그런 척하며 약속을 했다.

깊은 밤이 되었다.

한 사람이 슬며시 일어나더니 다른 사람이 자고 있는 것을 확인하고 몰래 여인이 있는 안채로 향했다.

창문으로 몰래 안을 들여다보니 이불 밖으로 나온 여인의 다리가 더욱 사람을 미치게 했다.

막 문을 열고 들어가려 하는데 사람의 발자국 소리가 들렸다.

그래서 그 사람은 급히 장독대의 큰독 뒤로 몸을 숨겼다. 몸을 숨기고 자세히 보니 웬 사내가 오더니 역시 여인이 자고 있는 방을 은밀하게 엿보고 있었다.

그 사내가 막 방문을 열려는 찰라 또 사람의 발자국 소리가 들렸다.

그러자 그 사내도 얼른 자신이 숨어 있는 독 뒤로 와서 앉았다.

그리고 얼마 후 두 사람이 더 그 독 뒤에 와서 숨게 되었다.

서로들 누군인지를 몰라서 가만히 앉아 있는데 안방문이 열리고 여인이 촛불을 들고 나와 독 위에 올려 놓고 다시 들어갔다.

"앗!"

불빛에 나타난 서로의 얼굴을 확인하고 사내들은 놀람의 소리를 질렀다.

다음 날 네 명의 친구들은 각자가 따로 길을 갔다고 한다.

치마끈 푸는 소리

이 첨지, 김 생원, 안 진사가 모여 술을 마시다가 얼큰해져 소리에 대해서 논하기로 했다.

먼저 김 생원이

"소리라면 창이 으뜸이지."

라면서 심청가를 멋지게 한 가락 뽑았다.

그러자 이번에는 이 첨지가 그에 뒤질세라 말을 했다.

"소리라면 봄비 내리는 소리가 제일이지요. 깊은 밤에 부슬부슬 내리는 소리만 들어도 만감이 떠오르니 그게 으뜸이지요."

이번에는 가만히 있던 안 진사가 제법 아는 체를 하며 말했다.

"소리라면 술 거르는 소리요, 깊은 산중에 낙엽이 지는 소리요."

그때 지나가던 나그네가 그 소리를 듣고 한 마디 하였다.

"여러분의 소리 논쟁이 모두가 그럴 듯하지만 아마, 이 소리만 못 할 거요."

"그게 무슨 소리요?"

그러자 나그네가 말했다.

"소리 소리 온갖 소리 많으나, 동방화촉 깊은 밤에 미인의 치마끈 푸는 소리만 못하리라."

똥 묻은 개가 겨 묻은 개를

충주의 어느 고을에 며느리 시집살이를 지독하게 시키는 시어머니가 있었다.

반찬을 잘 해주면 살림을 헤프게 한다고 탈, 반찬이 없으면 시어미를 홀대한다고 타박, 앉으면 앉았다고 흉, 이것 저것 보이는 것마다 까탈을 부렸다.

어느 날은 며느리가 이웃집 총각과 몇 마디 나누었는데 그걸로 흉을 잡았다.

"결혼한 아녀자가 경망스럽게 총각과 농짓거리를 주고받느냐? 네 남편에게 일러 혼을 내게 해야지!"

그러나 자기의 아들에게는 이르지도 않고 틈만 나면 그 일로 나무라고 야단을 쳤다.

하루는 젊고 착한 며느리가 고통을 당하고 있다는 것을 안 이웃집의 노파가 찾아왔다.

"못된 놈의 늙은이! 이렇게 착하고 예쁜 며느리를, 복에 겨워서 그렇지. 그 늙은이는 젊어서 건너 마을 김 첨지하고 이러쿵 저러쿵 하다가 들켜 큰북을 지고 동네를 세 번이나 돌았다구. 창피한 줄 알아야지."

다음 날에도 시어머니가 그 일로 야단을 치자 며느리는
"어머님, 큰 북을 지고 동네를 세 번이나 돌았다는 것은 무슨 말씀이세요?"
라고 물었다.

그러자 시어머니는 얼굴색이 변하며 변명을 했다.

"네가 누구한테 엉뚱하게 사람잡는 말을 들었는지는 모르지만, 잘 알지도 못하면서 함부로 지껄이지 말아라. 큰 북이 아니라 요만한 작은 북이었고 세 번이 아니라 두 번 돌다가 말았느니라!"

욕심 많은 중의 버릇을 고친 동자승

지리산 어느 깊은 절에 중이 있었다.

동자승 하나를 데리고 있는 그 중은 욕심이 많아서 어쩌다 먹을 게 생기면 혼자 몰래 먹곤 했다.

깊은 산 속이라 절에서는 시간을 알기 위해 닭 한 마리를 키우고 있었는데 중은 그 닭이 낳은 달걀을 동자승이 잠든 깊은 밤에야 삶아서 혼자 먹곤 했다.

하루는 동자승이 오줌이 마려워 일어나보니 중이 혼자서 달걀을 삶아서 먹고 있었다.

"스님, 이 밤중에 무얼 먹고 계십니까?"

동자승이 모른 체하고 바싹 다가 앉으며 물었다.

"먹기는 뭘 먹느냐? 속이 쓰린데 돼지 감자 삶은 게 좋다고 하여 그걸 먹는다."

욕심 많은 중이 달걀 그릇을 치우며 엉뚱한 소리를 했다.

그리고 며칠이 지난 어느 날.

중이 자다가 잠이 깨어 일어나 동자승을 불렀다.

"얘야, 지금 시간이 어찌 되었는고?"

그때 마침 둥우리에 있던 닭이 홰를 치며 울었다.

"돼지 감자 아버지가 우는 것을 보니 아마 날이 곧 샐 모양입니다."

욕심 많은 중은 이렇게 당해도 그 버릇을 고치지 못 하고 더욱 심해졌다.

하루는, 홍시를 단지에 담아서 숨겨 두었다가 몰래 먹고 있는 것을 동자승이 보았다.

"스님, 그 빨갛고 말랑말랑해 보이는 것은 무엇이길래 그토록 맛있게 드시옵니까?"

"이건 고승들만 먹는 독한 과일인데 너처럼 수련을 덜 쌓은 사람이 먹으면 창자가 다 녹아서 죽으니 행여 먹을 생각을 하지 말아라."

그러던 어느 날, 중이 출타를 하게 되었다.

동자승은 이때다 싶어 홍시를 모두 먹고 다른 것이 없나 찾아보니 꿀단지가 하나 있어 먹을 만큼 실컷 먹은 다음 남은 것을 깨뜨려 버렸다.

중이 돌아와보니 꿀단지가 깨져있고 홍시는 하나도 없고, 빈 그릇만 방 안에 딩구는 것이 아닌가!

중은 크게 화가 나서

"이놈! 어디 있는지 냉큼 나오지 못할까?"

라고 벼락 같은 소리를 질렀다.

동자승은 높은 나무 위에 올라가 앉아서 내려다 보며 말했다.

“스님, 그렇게 노여워 마시고 제 말씀을 좀 들어보세요. 아까 스님 방을 청소하다가 잘못하여 꿀단지를 깨뜨렸습니다. 스님이 야단치실 것을 생각하니 눈 앞이 아찔하여 죽기로 결심하고 여러 가지 방법을 찾았으나 마땅치 않아 먹기만 하면 속이 타서 죽는다는 빨간 과일을 먹고 이렇게 죽기를 기다리고 있습니다. 스님, 죄 많은 저는 먼저 가오니 내내 성불하옵소서!”

이게 미친 것이네

신창 고을에 세 처녀 자매가 살고 있었다.

어려서 부모가 일찍 죽어 모두 혼기가 넘었으나 시집을 가지 못하고 있었다.

어느 봄 날, 세 자매는 나물을 캐러갔는데 막내가

"언니,세상에는 남녀의 즐거움이 있다고 하는데 어떤 것인지 알고 있어?"

라고 물었다.

"글쎄, 한번 맛을 알면 놓지 않는다고 하던데 낸들 형체가 없으니 알 수가 있니?"

큰 언니가 긴 한숨을 내쉬며 말했다.

"우리 어디가서 그 모양을 훔쳐보면 어떨까?"

막내가 의견을 제시했다.

"막내야, 내가 앞집 돌이네를 훔쳐보았는데, 밀과를 먹어보지 않고 어찌 그 맛을 알 수 있겠니?"

둘째가 부끄러운듯이 말을 했다.

"그럼 우리 모두가 궁금해 하니 윗동네 순녀가 남편하고 정이 깊다는데 가서 자세하게 물어보자."

라고 큰 언니가 동생들을 다독거리며 말했다.

순녀를 만난 세 자매는 그 즐거움이 어디서 오는가에 대해서 물었다.

"남자에게는 한 뼘도 안되는 다리가 또 하나 있는데 이것이 어찌나 조화를 잘 부리는지 평소에는 고깃덩어리 같다가 한번 성이 나면 망아지가 날뛰는 것보다 더하는데 그때 뼈마디가 녹아내리고 정신이 아득하여 지지요."

이 말을 들은 세 자매는 안들은 것보다 더욱 궁금하여 다시 의논을 했다.

"만일 우리가 벙어리를 만나게 되면 그때 자세하게 알아보자. 그러면 소문도 안날 것이니."

마침 지나가던 한 총각이 처녀들의 아야기를 듣고 벙어리 거지로 꾸며 처녀들의 집을 찾아갔다.

세 처녀는 잘되었다고 말하며 거지를 으슥한 곳으로 데려가 옷을 벗기고 돌아가면서 구경을 하고 만졌다.

처녀들이 돌아가면서 만지니 그것이 커져 벌떡 일어났다.

그러자 세 처녀는

"에이구머니나! 이것이 미쳤구나!"

라면서 모두 도망을 쳤다고 한다.

병 고치는 총각의원

얼굴도 잘생기고 글도 깊었으나 여색을 몹시 탐하는 총각이 살고 있었다.

한양 사는 이 총각은 시골로 길을 떠나게 되었는데,목이 말라 어느 촌가에 들어가서 물을 청하게 되었다.

물을 먹으면서 물 떠주는 처녀를 유심히 살펴보니 순진해보이는 것이 꽤 예쁘게 생겨 마음이 동했다

마침 집 안에는 아무도 없는 것 같아 먼저 수작을 걸어보았다.

"요즘 한양에선 남녀 사이에 운우지정을 나누는 것이 상례인데 낭자는 이를 알고 있소?"

"시골에 파묻혀 사는 사람이 한양의 소식을 알 리가 있나요?"

"그러면 그렇지, 어쩐지 척 보니까 환자의 기색이 깊더라니……."

"무슨 말씀이어요. 저는 아픈 곳은 없어요. 감기 한번 걸린 적이 없는데."

"내가 의원을 공부하는 사람이오. 어디 진맥을 해 봅시

다."

"그렇게 하셔요."

처녀는 의원이라는 말에 얼굴을 붉히며 자신의 팔을 내밀었다.

총각은 처녀의 손을 잡고 진맥을 하는 척하더니 혀를 끌끌 찼다.

"허허, 이토록 병이 깊어졌는데 그냥 두었으니, 나를 만나지 않았으면 큰일날 뻔 했소."

"대체 무슨 병인데 그러시오?"

"낭자의 가슴에 혈이 꼭 막혀서 위태로울 지경이오."

"그럼 어떻게 해야 하는지요?"

"내가 치료를 할터이니 그대로 따르겠소?"

"네, 그렇게 하지요."

총각은 처녀를 방으로 데리고 가서 옷을 벗기고 일을 시작했다. 처녀가 아프다고 소리를 지르자 총각은

"조금만 참으시오. 막혔던 혈이 뚫리느라 그러니 괜찮소."

라고 달랬다.

어렵게 일을 끝내자 처녀가 말을 했다.

"내 몸의 병은 고쳐졌지만 한양의 남녀들이 나눈다는 운우지정을 모르니 그걸 좀 가르쳐 주시지요."

그래서 총각은 다시 일을 벌이고 길을 떠났다고 한다.

방귀 뀌고 성내는 놈

한양에 아주 교활하고 성질이 못된 이고질이라는 사내가 있었다.

이고질의 교활함이 어찌나 교묘한지 장안에 모르는 사람이 없을 정도였다.

어느 날, 이고질은 일이 생겨서 길을 떠나게 되었는데 도중에 배장수를 만났다.

"여보, 배장수. 배 몇 개만 주시오."

라고 배를 그냥 달라고 말했다.

"아따 그 양반 심보도 고약하구먼. 사 먹으시오."

배장수는 이고질을 나무라며 배를 주지 않았다.

"흥! 당신이 내가 누군지 모르는 모양인데, 두고 봐라!"

라며 이고질은 배장수를 앞질러서 먼저 갔다.

한참을 가다보니 논에서 여러 명의 남녀가 모를 내고 있는 것이 보였다.

이고질은 그 중에서 제일 나이가 어려보이는 처녀를 불러

"네가 이 들판에서 제일 예쁘구나! 오늘 밤 나하고 같이

자지 않겠느냐?"
라며 희롱을 걸었다.
이 소리를 들은 다른 농부들이
"어떤 미친 놈이 일하는데 와서 희롱이냐!"
화를 내면서 쫓아왔다.
이고질은 오던 길로 되돌아서 도망치면서 배장수를 향해
"아이고 형님, 나 좀 살려주시오!"
라면서 계속해서 도망을 갔다.
농부들이 이 소리를 듣고 배장수의 멱살을 잡고 다짜고짜 두들겨 팼다
"네 놈이 저기 도망가는 녀석의 형인가본데 형이나 아우나 똑같은 놈들일테니 대신 맞아라!"
배장수는 영문도 모른 채 흠뻑 맞고 배 또한 다 흩어져서 깨어져 버렸다.
이고질은 멀리서 배장수가 맞는 것을 보면서
"고 녀석 배 몇 개 아낄려다가 큰 코 다쳤지."
라고 빈정대면서 다시 길을 갔다.
한참을 가다보니 역졸 하나가 말을 타고 오는 게 보여 이고질은 앞을 가로 막았다.
"여보시오, 내가 여러 날을 걸어왔더니 다리가 아파서 더는 못 가겠오. 다음 주막까지만 말을 좀 빌려 주시오."
"아니! 별 미친 놈을 다 보겠네. 대체 네 놈이 어떤 놈이길래 겁도 없냐?"

"나는 한양 사는 이고질이란 사람인데 들어보질 못 했소?"

"이런 시러베 아들놈 같으니! 저리 비키거라!"

역졸은 처음에는 화를 내고 나중에는 어이가 없다는 듯이 웃더니 그냥 가 버렸다.

이고질은 역졸의 뒤를 열심히 쫓아 그가 들어간 주막으로 따라 들어갔다.

역졸이 말을 매는 사이 이고질은 주인방 창문 밑으로 가서

"아가씨, 내가 이따가 밤이 이슥해지면 올테니 문을 열어두시오. 그때 내가 극락의 맛을 일러 주겠소."

라고 큰 소리로 말하고

"나는 바로 조금 전에 말을 타고 온 역졸이라오."

이렇게 덧붙였다.

방 안에서 바느질을 하고 있던 주인 마누라가 이 말을 듣고 남편에게 고하자 남편은 동네 사람을 불러모아 역졸을 찾았다.

아무 것도 모르는 역졸은 말을 매고는

"주모! 여기 밥하고 술 한 잔 주시오!"

라고 외쳤다.

그러자 이를 발견한 사람들이 달려들어 역졸을 두들겨패기 시작했다.

"이놈! 뻔뻔스럽게 어디서 술까지 달라고 하느냐?"

이런저런 사정을 얘기하고 위기를 모면했을 때는 역졸의 몸은 성한 곳이 없었다.

이튿날.

이고질은 먼저 길을 떠나서 한참을 가다가 쉬고 있는데 역졸이 말을 타고 힘이 없이 터덕터덕 오고 있었다.

이고질은 또 앞으로 나가

"나에게 말을 빌려주지 않겠나?"

라고 의젓하게 물었다.

역졸이 말에서 내리면서 말했다.

"에이! 더러운 놈. 타고 가거라! 가다가 다리나 부러져라!"

"진작 그랬어야지. 어험! 다리가 부러져도 내 다리가 부러지니 걱정일랑 말게."

이고질은 기분이 좋아져서 말에 올라탔다.

그러나 얼마 안가서 말이 날뛰어 정말로 다리가 부러졌다고 한다.

부처님이 굽어보시니

진천의 어느 고을에 박 첨지, 오 생원, 이 진사가 있었다.

이들 세 사람은 많은 땅과 하인들을 데리고 세도를 부리며 살고 있었는데 고을 사람들은 그들보다 마나님들의 세도에 골머리를 앓고 있었다.

그들 세 사람의 부인들은 마을 사람들을 제집 종 부리듯 하였으니 까다롭기가 이루 말할 수가 없었다.

한편 그 마을 가까이에는 '정심사'라는 절이 하나 있었다.

그 절에 사는 중 하나가 이 소문을 듣고 세 여자들의 버릇을 고쳐주고자 마음먹었다.

어느 날 중은 세 여자들을 정중하게 청했다.

"소승이 특별히 맛있는 음식을 마련하여 세 분 마님께 대접하여 드리고자 하오니 찾아주시길 바랍니다."

여인들은 좋아하며 절을 찾아갔더니 과연 여러 가지의 많은 음식이 준비되어 있었다. 달려들어 먹으려하자 그 중이

"이곳은 부처님을 모신 곳이니 먼저 부처님께 올린 후에 드셔야 합니다."
라며 모두 불상에 절을 하도록 했다.

세 여인이 불상 앞에 나가 엎드려 절을 하는데 갑자기 커다란 소리가 들려왔다.

"웬 죄 많고 부정 탄 여인들이 왔는고?"

불상에서 들려 온 이 소리에 여인들은 모두 기겁을 하고 뒤로 넘어졌다.

이는 그 중이 사람을 시켜 미리 불상 뒤에 숨겨놓고 내는 소리였는데 이를 모르는 여인들은 부처님의 소리인 줄 알고 무서워서 부들부들 떨고 있었다.

"부처님께서는 영험하시니 세 분이 지은 죄를 모두 알고 계십니다. 어서 죄를 고백하고 뉘우치십시오. 그렇지 않으면 큰 화를 당하실 겁니다."

중이 겁을 주자 여인들이 다투어 앞으로 나가 죄를 고백했다.

먼저 박 첨지의 마누라가 말을 했다.

"제가 시집을 오기 전 어느 봄날에 춘흥을 못 이겨 집에서 일하던 하인과 몰래 정을 통하게 되었는데 이를 부모님이 아시고 지금의 박 첨지에게로 시집을 보내셨습니다. 박 첨지는 아무 것도 모를 것이니 부처님도 모른 체하여 주십시오."

"네가 진실로 뉘우치니 시주를 많이 함으로써 죄를 씻도록 하여라!"

부처님의 목소리가 들렸다.

다음은 오 생원의 마누라가 오돌오돌 떨며 말했다.

"저는 마을의 어느 총각과 정을 통하게 되었는데 그 총각이 남편보다 정력이 세서 지금도 남편이 없는 틈을 이용하여 자주 통정을 하고 있습니다. 하지만 앞으로 다시는 안 할테니 용서하여 주시길 바랍니다. 시주도 많이 하고 부처님께 불공도 열심히 드리겠습니다."

그러자 굵직한 목소리가 들렸다.

"네가 죄를 빌고 앞으로 불심을 닦는데 힘쓴다고 하니 용서하노라!"

마지막으로 이 진사의 마누라가 머리를 조아리며 말을 했다.

"저는 원래 나쁜 여자가 아니었사오나 어쩌다보니 남편의 친구와 가까워져 정을 몇 번 통했는데 지금은 끊으려고 해도 자꾸 생각이 나니 이를 어쩌면 좋겠습니까? 하지만 부처님이 이렇게 노하셨으니 앞으로 다시는 그런 일이 없도록 하겠습니다. 그러니 이젠 화를 그만 푸십시요."

세 여인의 고백을 다 듣고 난 중은 은근히 협박하는 투로 말했다.

"어떻습니까? 그러나 걱정하실 것이 없으십니다. 부처님의 영험하심이 높으시니 다 용서하실겁니다. 그러나 소승이 이 말을 나으리들께 고할까 합니다."

그러자 세 여인들이 크게 놀라 비로소 속았다는 것을 깨달았으나 이미 엎지러진 물이라 그 중에게 매달려 애원하기 시작했다.

그 중은 세 여인을 이끌어 차례로 정을 통한 뒤 많은 시주를 약속받고 돌려 보냈다.

그 뒤부터 세 여인은 세도를 부리는 일이 없어졌다고 한다.

나는 결코 무죄

송천 고을의 한 관가에 죄를 지어 감옥에 들어온 사람이 있었다.

그가 들어온지 얼마 안되어 또 한 사람이 들어오게 되었다.

그 두 사람은 서로의 처지를 이해하며 위로했다.

한 사람이

"사나이로서 이런 곳엔 한 번 들어올만 하지요. 그런데 형씨는 무슨 죄로 오시었소?"

라고 물었다.

"나는 정말 억울하게 잡혀왔지요."

"무슨 일루?"

"고삐 한끝을 잡고 있었다고 도둑으로 몰리지 않았소."

"거 정말 억울 하군요."

"그러게 말이오. 고삐끝에 소가 한 마리 달려 있기는 했지만…… 그런데 노형은 어찌 오셨소?"

"나야말로 정말 억울하지요. 엎드려 자는데 느닷없이 포졸들이 나타나 잡아 가더라니까요."

“허허, 노형이야말로 억울하군요. 세상에 잠자는 것이 죄가 되다니! 곧 방면되어 나가겠군요.”

“글쎄요, 자다보니까 내 배 밑에 웬 여자가 있기는 했지만…….”

하늘이 내린 것을 어찌

지리산 깊은 곳에 성심사라는 절이 있었다.

이 절에는 금례라는 한 여자가 있었는데, 그녀는 어렸을 때 부모를 잃고 숲을 헤메다 이 절의 한 스님에게 발견되어 지금까지 이 절에서 스님들의 시중을 들며 살고 있었다.

그런데 금례는 어찌된 노릇인지 스님들이 가르치는 설법은 익히지 않고 이상한 데에 일찍 눈을 떠갔다.

금례가 나이가 들고 커 갈수록 성심사에는 음탕한 소문이 많이 나돌았는데 금례가 마음만 먹으면 넘어가지 않는 중이 없다는 것이었다.

마침내 주지인 무허 대사가 모든 승려를 모았다.

"마땅히 계율을 지켜야할 사람들이 어찌하여 불법을 스스로 어기는 것인가! 사대천왕의 노여움이 무섭지 않단 말인가! 사바세계의 욕망이란 큰 것 같지만 거품처럼 사라지고 마는 것인데 어찌 그런 것에 마음을 두는가! 뼈를 깎는 고행이 없이 화두를 어떻게 풀 것인고? 또한 금례는 그간에 길러준 부처님의 은공을 저버리고 악의 구렁텅이로 빠지는가?"

이리하여 금례는 성심사에서 쫓겨나게 되었다.

금례는 산사에는 참으로 수도에 정진을 하는 참 스님도 많지만, 불공드리러 온 부인과 놀아나거나 살생과 육식을 금했음에도 수시로 고기를 먹는 엉터리 중도 많이 있었고 자신에게 남자를 가르쳐준 것도 젊은 중이었다는 것을 생각하니 화가 났다.

또한 주지가 재물을 몰래 긁어 모으고 있다는 것을 알고 있는 터였다.

금례는 산문을 나오면서 빈정거렸다.

"주지라고 해도 내가 마음만 먹으면 단숨에 무너뜨릴 수 있을껄!"

이 소리를 다른 중들이 듣고는 장난 삼아 지껄였다.

"만약에 내가 우리 주지 스님을 무너뜨린다면 네가 먹고 살만큼의 재산을 주겠다."

"흥! 그까짓것! 내일 아침에 저기 느티나무 아래에서 주지 스님을 기다리시면 만나게 될 것이오."

중들과 이렇게 약속을 한 금례는 남장을 하고 책 한 권을 들고 어두워지기를 기다렸다가 성심사를 찾았다.

"저는 어디에 사는 김 선비의 아들이온데 주지 스님의 글이 높다하여 이렇게 먼 길을 찾아왔습니다."

금례가 그럴듯하게 말을 하자 주지는 책을 한 줄 읽어보라고 했다.

금례가 낭랑한 목소리로 읽자 주지는 잘 가르치면 좋은 동량이 되겠다고 생각하여 유숙을 허락하였다.

주지의 방에서 잠을 자는데 밤이 깊어지자 금례는

"아이고, 으으!"

라고 헛소리를 했다.

"허허, 이 녀석이 어디가 많이 아픈 모양이군. 안 되겠네. 이리와서 나와 같이 자자."

주지가 금례를 자기의 이부자리 속으로 이끌고 가자 금례는 재빠르게 옷을 홀홀 벗었다.

주지는 동자인줄로 알았는데 아리따운 여인이 나타나자 당황하여 어쩔 줄을 몰랐다.

더구나 알몸의 금례가 주지를 꼭 끌어안자 난생 처음 느끼는 여인의 향취에 정신이 어질어질 하였다.

"제가 바로 금례이옵니다. 남녀 사이의 정욕은 하늘이 내리신 것이라 옛날에 아란은 마등가녀와 관계하였고 나한은 운간에 떨어졌는데 하물며 스님이 그분들에게 미치겠습니까?"

주지인 무허 대사는 '그래 네가 이 절로 온 것도 다 부처님의 뜻이리라' 라는 생각으로

"네 한 마디가 내가 평생 깨달은 것보다 깊구나. 애석하도다!"

라며 금례를 이끌고 잠자리에 들었다.

금례가 일부러 밖으로 새어나가라고 '끙끙' 하는 소리를

내자 주지는 연실 입을 맞추기에 바빴다.

일이 끝나자 금례는 다 죽어가는 소리로 말했다.

"제가 병이 깊어 이곳에 있으면 주지 스님께 누만 끼치게 될 것이니 저를 업어다가 저 아래 느티나무까지만 데려다 주시면 그 은혜는 평생 잊지 않겠습니다."

주지는 이미 엎지러진 물이라 생각하고 날이 새기 전에 서둘러 금례를 업고 나섰다.

금례는 주지의 목을 두 팔로 감고 착 달라붙었다.

주지가 느티나무에 이르자 많은 중들이 모여 있는 것이 보였다. 주지는 기겁을 하고 달아나려고 했으나 금례가 목을 두 팔로 꼭 감고 있으니 어쩔 수 없이 그대로 당하고 말았다.

금례는 약속한 돈을 받아서 성심사를 떠났다고 한다.

고픈 배가 둘이니

영남에 사는 이 생원이라는 사람이 한양에 볼 일이 있어 길을 가다가 충주에서 날이 저물어 하루 저녁 묵을 곳을 찾았다.

주머니에 노자돈은 넉넉지 못하고 아직도 갈 길이 멀으니 객점에서 묵을 수가 없어서 이집 저집 다니면서 하룻밤 묵기를 청했으나 마땅한 집이 없었다.

다니다가 어느 집 옆에 붙은 다 기울어 가는 헛간을 발견하고 그곳에서 쉬어갈 작정으로 볏짚을 깔고 누웠다.

얼마가 지나서 사람의 발자국 소리가 들려 한쪽으로 몸을 숨기고 지켜 보았더니 밤인데도 얼굴이 화사해 보이는 여인이 보자기에 싼 것을 들여 보내며

"개똥이 아직 안 왔소?"

라고 은근한 목소리로 물었다.

이 생원은 번뜩

'이 여인이 어떤 자와 몰래 눈을 맞추고 있구나.'

라는 생각이 들어 목소리를 낮추어

"기다린 지가 오래 되었네."

라고 말했다.

그러자 여인이 다시 말했다.

"어쩌나! 내가 금새 다시 올터이니 이걸로 요기나 하고 있으시오."

여인이 가버리자 이 생원은 마침 출출하던 참이라 술까지 곁들인 음식을 배불리 먹었다.

다 먹고 났는데 한 사내가 불쑥 들어오며 나즈막하게

"낭자 안 왔소?"

라고 물었다.

대답이 없자 사내는 쪼그리고 앉으며

"제사는 벌써 끝났을텐데 어째서 안 오지?"

라며 혼자서 투덜거렸다.

담배 한 대 피울 시간이 지나자 아까왔던 여자가 나타났다.

사내는 여자를 보자 화를 냈다.

"오늘 저녁이 제사라면서 빈손으로 오는 것은 무엇이며 왜 이제야 오는 거야?"

사내의 말을 들은 여인이 알 수 없는 말을 한다는 듯이 말했다.

"무슨 남자가 음식탐이 그렇게 많아요? 아까 술하고 갖가지 음식을 잔뜩 갖다 주었는데 무슨 엉뚱한 소리예요?"

"그게 정말이야?"

"그럼요. 벌써 한식경은 지났겠네요."

"아니 그럼 이 집에 우리 말고 다른 녀석이 있는 것이 아닌가? 찾아보자구."

사내가 앞장을 서고 여인이 뒤를 따르고 헛간을 돌자 이 생원도 여인의 뒤를 살금살금 따라 돌았다.

한참을 돌더니 멈추고 여자를 끌어 안고는 곧바로 운우를 즐기기 시작하였다.

옆에서 구경을 하는 이 생원은 침이 꿀꺽꿀꺽 넘어갔으나 어쩔 도리가 없었다.

이윽고 몇 차례의 정을 나눈 뒤 사내가 먼저 나가고 여인이 옷매무시를 다듬더니 헛간을 나가려고 했다.

이 생원은 여인의 어깨를 꽉 잡았다.

"에이구머니나!"

여인이 깜짝 놀라며 뒤로 넘어졌다.

"낭자가 갔다준 제사 음식은 맛있게 잘 먹었소."

"제발 용서해 주시어요."

"무얼 말이요?"

"못 본 걸로 해주세요."

"난 지금 집을 떠난 지가 여러 날이 되어 몹시 배가 고프오."

"아까 그 많은 음식을 다 드셨잖아요?"

"허허, 사람의 배가 어디 하나 뿐이오?"

이리하여 이 생원은 두 배가 잔뜩 불러 길을 떠났다고 한다.

개가죽을 쓴 도련님

소금 장수가 길을 가고 있었다.

소금을 무겁게 지고 가다가 큰 나무 아래서 쉬고 있는데 삿갓을 쓰고 개털로 옷을 만들어 입은 사람이 다가왔다.

소금 장수는 힘이 들어서 누워서 쉬고 있었는데

"어떤 놈이길래 양반이 와도 모른 체하고 벌렁 누워서 인사도 않하는 게냐?"

라며 이상한 차림의 사내가 소리를 질렀다.

"아이고! 나으리! 소인이 누워서 쉬느라고 미처 보지를 못하였습니다요. 그저 무식한 백성이니 용서하여 주시길 바랍니다."

소금 장수는 얼른 일어나서 절을 하며 용서를 빌었다.

속으로는 분했지만 양반이 제일인 세상이니 어쩔 수 없이 화를 삭이며 같이 길을 가게 되었다.

한참을 가는데 똥개 한 마리가 나타나더니 두 사람을 향해 마구 짖기 시작했다.

그러자 소금 장수는 얼른 개 앞에 넓죽 엎드려 큰 절을 했다.

양반이 옆에서 보니 자기에게는 인사를 안 한다고 큰 소리를 쳐야 겨우 인사를 하고 개한테는 달려가 큰 절까지 하니 괘씸하면서도 괴이쩍게 생각했다.

"너는 양반은 몰라보면서 어찌하여 개에게 그토록 공손하게 대하느냐? 네 조상이 개에게서 나왔느냐?"

양반이 손가락질을 하며 비아냥거렸다.

"나으리! 아무리 쌍놈이라고 해도 어떻게 개가 조상이 되겠습니까?"

"아니면? 실성이라도 한 것이냐?"

소금 장수는 개에게 절하는 것이 당연하다는 투로 큰 소리로 말했다.

"저놈이 개가죽을 뒤집어 썼으니 어느 양반집 도련님이 아닌가 해서요. 또 모르고 지나치다가 인사를 못하면 곤장을 칠 일이 아닙니까요?"

통소 부는 사위

전라도 어느 고을에 약간 모자라는 김우돌이라는 사람이 장가를 가게 되었다.

그런데 그 마을에는 사람을 웃기기도 잘하고 은근히 골려 주기도 잘하는 이 생원이 있었다.

이 생원은 우돌을 골려 주기로 하고 불러서 말했다.

"여보게 새신랑! 자네 어쨌길래 이런 소문이 났는가?"

"왜요?"

"우돌이가 고자라는 소문이 처가 쪽에 쫙 퍼져있네."

"내가 고자라고요?"

"그렇다니까, 그게 사실이라면 가만히 있어도 되지만 사실이 아니라면 해명을 해야되지 않겠는가?"

"그럼요. 제가 고자가 아니라는 것을 알려 주어야지요."

"그럼, 내가 시키는 대로 해 봐."

"어떻게요?"

"다음에 장인이 한번 보자구 하면 그걸 힘을 주어 세워 가지고 보여주라고, 그러면 모든 오해가 풀릴 것이 아닌가?"

"그거야 뭐 어려울 것이 없지요."

신랑에게 이렇게 일러놓은 이 생원은 처가에 가서 우돌의 장인을 만나

"당신의 사위가 퉁소를 잘 분다고 소문이 났는데 우리도 한번 들어봅시다. 그 사람은 '어디 한번 보자'라고만 하면 실력을 보여준다고 합디다."

라고 말을 했다.

영문도 모르는 장인은 그렇지 않아도 사위가 약간 덜떨어졌다고 사람들이 수군수군 하는 소리를 듣고 있던터라 이 기회에 마을 사람들에게 그렇지 않다는 것을 보여 주고 싶어 좋아했다.

그래서 사위를 건너오라 하고, 동네 사람들을 초청하여 음식을 대접하면서

"내 사위가 퉁소를 기가 막히게 잘 분다니 여러분과 함께 듣고자 초청을 했습니다."

이렇게 자랑을 했다.

"그거 좋지요."

"어디 한번 들어봅시다."

"거, 사위 하나는 잘 얻으셨군요."

"빨리 들어봅시다."

동네 사람들이 사위를 칭찬하자 장인은 흡족하여 사위를 불렀다.

"어디 한번 보자!"

그러자 사위가 시원스럽게 대답을 했다.

"그거야 어렵지 않지요."

우돌은 이 생원에게 들은 말이 있는지라 벌떡 일어서서 바지를 훌렁 벗어 내렸다. 그리고 있는 힘을 다해 잔뜩 성이난 그것을 마을 사람들에게 보였다.

퉁소 소리를 듣기 위해 모였던 사람들은 돌연한 사태에 기겁을 했다.

우돌의 장인은 놀라고 어이가 없어

"무색하구나 무색해!"

라고 한탄을 했다.

이 말을 들은 우돌은 더욱 그것에 힘을 주며 말했다.

"무색하다니요? 이 검붉은 색이 안 보이십니까? 이 놈이 이렇게 씩씩한데 고자는 웬 고자요?"

"……?"

누가 망령된지

김 생원이 어린 종을 데리고 길을 가다가 날이 저물어 어느 집에 묵게 되었다.

그 집엔 때마침 주인이 없고 젊은 부인이 혼자서 집을 지키고 있었는데 김 생원이 보니 얼굴이 반반하여 군침이 돌았다.

젊은 부인이 혼자 집을 지키고 있다하여 무조건 쳐들어 갔다가는 무슨 봉변을 당할지 몰라 우선 속마음을 떠 보기로 했다.

그래서 문을 열고 부인이 있는 방을 향해

"조단아! 조단아!"

라고 불렀다.

조단이란 말은 속된 방언으로 여자에게 잠자리를 같이 하자고 수작을 부릴 때 쓰는 말이었다.

이 말을 알아차린 여자는 화를 내며 마을 사람들에게 달려가 도움을 청했다.

"지나가는 나그네를 재워주었더니 남편이 없는 것을 알고 내게 수작을 걸으며 희롱을 하니 가서 혼을 내주시오."

여자의 말을 들은 마을 사람들은 몽둥이를 들고 여자의 집으로 몰려 들었다.

"어떤 놈이기에 주인이 없는 젊은 부인에게 수작을 거느냐? 잠까지 재워 주었더니 오히려 도적질이냐? 냉큼 나오너라!"

사태가 급박하게 돌아가고 있음을 눈치챈 김 생원은 어린 종에게 눈짓을 했다.

"조단아! 조단아! 밖에 무슨 일이 있는지 나가서 좀 알아보고 오너라."

그러자 어린 종이 그 말 뜻을 알아차리고

"네네."

라고 대답을 했다.

"그리고 조단아, 말안장을 잘 살펴 놓거라. 내일 아침 일찍 떠나야 하느니라."

"네네, 소인이 나가 보고 오겠습니다요."

라고 대답을 하고 밖으로 나오자 마을 사람들이 웃으며

"허허 잘못했다가는 엉뚱한 사람 잡을뻔 했네 그려. 젊은 여자가 남편이 없다고 그 사이를 못 참고 망령되기는…… 나참, 동네가 부끄럽네."

라고 말하면서 돌아갔다.

체면은 살려야지

송 진사라는 사람은 성품이 호탕하여 주색을 즐겼지만 체면을 매우 중하게 여기는 사람이었다.

그는 여자가 치마만 둘렀으면 온갖 수단을 다 동원하여 꼭 취하고야 마는 성미였다.

어느 날은 고을의 이방집에 들르게 되었는데 이방의 과년한 딸이 눈에 쏙 들어오는 것이 아닌가.

송 진사는 여러 가지의 말로 구슬러 보았으나 도무지 들어갈 틈이 없었다.

이럭저럭 하여 날이 저물게 되어 한방에서 잠을 자게 되었는데, 딸이 생각해보니 아무래도 송 진사가 마음이 놓이지 않았다.

그래서 박색인 종과 자리를 바꾸고 잠을 잤다.

밤이 깊었다.

딸이 가만히 살펴보니 송 진사가 슬그머니 일어나더니 다른 사람이 자는 것을 확인한 다음 종을 자기로 알고 끌어안는 것이었다.

종이 기절할 것같이 소리를 지르려고 하자 송 진사는 손

으로 입을 막으며

"나는 송 진사요. 가만히만 있으면 그대는 호강을 하게 될 것이요."

라고 달랬다.

땅도 많고 세도를 부리고 있었으니 나중에 논이나 몇 마지기 떼어주면 되겠지 하는 생각에서였다.

다음 날, 날이 밝아서야 송 진사는 지난 밤의 여자가 이방의 딸이 아닌 여종이었다는 것을 알게 되었다.

온 동네에 송 진사가 이방의 딸을 어떻게 할려다가 얼굴이 박색인 종을 건드렸다는 소문이 났다.

이 소문을 들은 송 진사,

"허허, 모르는 소리. 딸보다 계집종이 훨씬 예쁘게 생겼으니 내가 접근을 했지. 진사의 체면이 있지."

라면서 그 계집종에게 약속한 논을 떼어 주었다고 한다.

여우 목도리를 얻으려다

성주 고을에 김 생원이란 자가 있었다.

그는 매우 우둔하여 사람들에게 손가락질을 받으며 놀림을 당하곤 했다.

어느 날.

시장에 갔다오다가 날이 저물어 가는데 한적한 길에서 한 여인을 만났다. 그는 관가에 있는 기생이었는데 김 생원이 보니 차림새가 보통 수상한 것이 아니었다.

"나으리, 날은 저물고 길이 멀어서 그러니 나귀에 좀 태워 주세요."

기생이 나긋나긋한 목소리로 간청을 하자 김 생원은 그 기생을 여자로 둔갑한 여우라고 단정을 했다.

"아무도 없는 곳에서 불쑥 나타나 나귀를 태워달라니 무슨 연유인지는 모르지만 태울 수 없소."

"호호호, 나으리! 사내 대장부가 그까짓 나귀 한번 태워 주는 것을 가지고 생색을 내십니까?"

여자가 여러 번 간청을 하자 김 생원은 마침 좋은 생각이 떠올랐다.

그것은 마누라가 틈만 나면 여우 목도리를 사달라고 졸랐던 터라 이 기회에 저 여우를 잡으면 좋을 것이라고 생각하며 허락을 했다.

"그 대신 혹시 떨어질지 모르니까 몸을 묶어야 겠소."

김 생원은 허리띠를 풀어 기생의 허리를 묶어 단단히 쥐고 부리나케 나귀를 몰았다.

'지가 백 년 묵은 여우라고 할지라도 여럿이 덤비면 꼼짝 못할거야. 이걸로 마누라 목도리를 해주며 입이 찢어질 테지'라는 생각을 하며 집에 도착했다.

"애들아 빨리 큰 횃불을 들고 나오너라! 여우가 여기 있으니 빨리 때려 잡자!"

"호호호! 여우가 나으리네 식구 다 잡아 먹겠네."

기생이 깔깔깔 소리내어 웃자 김 생원은 더욱 크게 소리를 질렀다.

그 바람에 마을 사람들이 몰려들었다.

"자! 보시오. 내가 오늘 장에 갔다오다가 여우를 한 마리 잡아왔오. 빨리 때려잡아 털은 목도리를 만들고 고기는 구워 먹읍시다."

김 생원은 마을 사람들을 향해 소리를 지르며 기생을 나귀에서 끌어내렸다. 그러자 기생이 김 생원의 목을 손톱으로 할퀴며 소리쳤다.

"그렇게 여우 목도리를 구하고 싶으면 돈을 들여 사야지 사람을 죽여 목도리를 만들어욧! 목도리를 그렇게 하고 싶으면 이렇게 하시구랴."

그래서 김생원은 얻으려던 여우 목도리는 얻지도 못하고 목에 여러 줄의 빨간 생채기만 얻게 되었다.

이왕 지나갈 바엔 알게나 가지

어느 시골에 사는 한 사람이 한양으로 올라와서 종묘의 관원으로 다니고 있었다.

한 과부집에서 묵고 있었는데 그 과부가 어찌나 짜던지 반찬이 나오는 것이 너무 형편이 없었다.

그 사람은 과부의 버릇을 고쳐 놓으려고 별렀으나, 오히려 과부는 늦게 들어온다고 저녁까지 굶기기가 일쑤였다.

어느 날이었다.

그 관원은 밖에 일이 있어 늦게 들어갔는데 대문이 잠겨져 있어서 담을 넘어 몰래 들어갔다.

과부는 밥상 옆에서 피곤했던지 잠이 들어 있었는데 터진 속옷 사이로 삐끔하게 거시기가 보였다.

한 가지 꾀를 생각해 낸 관원은 속옷에다 물을 슬쩍 적셔 놓고 밥상을 살며시 들어다가 밥을 먹기 시작했다.

얼마 후 잠이 깬 과부는 아래옷이 축축하게 젖어 이상히 여기고 사방을 두리번 거려보니 관원이 능청스럽게 앉아 밥을 먹고 있지 않는가?

과부가 생각하기를 자기가 잠든 사이에 저 흉칙한 놈이

어떻게 한 것으로 여기고
"대문이 잠겨 있는데 어찌 들어왔소?"
라고 물었다.

담을 넘어왔으니 과부의 벼락이 떨어지리라고 생각하여 겁을 먹은 관원은 울상이 되어 말했다.

"볼 일이 있어 늦게 왔더니 대문은 잠겨 있고 그래서 부득이 하게. 그리고 보니 아주머니가 잠이 들어있길래. 용서해 주십시오."

"네 놈이 나한테 그럴 수가 있느냐? 이리 들어 오너라."

과부는 관원의 손을 꽉 움켜쥐고 방으로 들어 갔다.

"아이구! 아주머니, 이거 놓으시고 말씀하세요. 그러길래 제가 잘못했다고 하지 않습니까요?"

관원은 단단히 걸렸구나 생각하며 안 끌려갈려고 버둥댔다.

그러자 과부는 관원을 이불 위에 내동댕이치며
"어차피 지나갈 바엔 알게나 하고 가야지. 번갯불 치듯 가버리면 어떻게 하느냐, 이 도둑놈아!"
라고 말하며 불을 꺼 버렸다.

그 일이 있고난 뒤부터는 끼니마다 반찬이 푸짐하게 나왔다고 한다.

기생이 품은 한

영남 지방의 한 고을은 매우 큰 마을이었으나 어느 때부터인지 망조가 들어 몹쓸 고을로 변하고 말았다.

그 이유는 사또가 새로 부임하여 오기만 하면 하룻밤도 못 넘기고 죽었기 때문이었다.

다섯 명의 사또가 죽었으니 아무도 그곳으로 오려는 사람이 없었고 백성들도 하나 둘씩 고을을 떠나가니 점점 흉한 고을로 변하여 갔다.

그러한 이 고을에 사또로 부임하여 가려는 사람이 있었는데 그는 공부는 열심히 하였으나 번번히 과거에서는 떨어져 벼슬에는 오르지 못하고 구차하게 살고 있는 오한성이라는 선비였다.

오한성이 그 흉한 고을에 사또로 간다고 하자 부인이

"여보 가난해도 좋으니 우리 그냥 여기서 삽시다. 올해 공부하여 내년에 다시 과거를 치르면 되잖아요."

라며 간곡하게 말렸다.

"부인, 염려 마시오. 사내 대장부가 한 번밖에 더 죽겠소. 내 죽지 않고 꼭 살아서 돌아올테니 그 동안 집이나 잘 부탁하오."

오한성은 하루를 살아도 벼슬을 하다가 죽는 것이 선비의 도리라는 생각으로 그 고을의 사또직을 받아 떠났다.

오한성이 고을에 도착하여 보니 신임 사또가 오는 데도 이방이 마중을 나왔을 뿐 아무도 보이지 않았다.

"여봐라!"

"예이."

"내가 그래도 명색이 사또인데 어찌 대접이 이리도 소홀한가? 당장 육방관속들을 모두 동헌으로 모이도록 하게!"

사또가 추상 같은 명령을 내렸으나 누구 하나 말을 들으려고 하지 않았다.

그들은 끼리끼리 모여서 수군수군 거렸다.

"에이그 또 시체 하나 치우게 생겼구먼."

"나이도 얼마 안 되어 보이는데."

"저승길에 배나 고프지 않게 밥이나 한 상 잘 차려 줌세."

모이라는 관속들은 보이지 않고 진수성찬을 받은 오한성은 더 이상 말을 하지 않고 배불리 먹었다.

어두워지자 관속들은 슬금슬금 눈치를 보더니 모두 동헌을 빠져 나가고 오한성만 혼자 남게 되었다.

오한성은 칼을 뽑아 곁에 두고 주역을 읽기 시작했다.

밤이 깊었다.

문득 한 차례의 강한 바람이 불어 촛불을 끄더니 어디선가 여인의 흐느끼는 소리가 들려왔다.

오한성은 신경을 곤두세우고 계속해서 큰 소리로 주역을 읽었다.

여인의 울음소리가 점점 가깝게 들려오더니 방문을 여는 소리가 들리고 다가오는 소리가 들렸다.

오한성은 숨이 얼어붙는 듯했지만 '죽기 아니면 살기'란 생각으로 계속해서 더 큰 소리로 주역을 읽었다.

이윽고 울음을 그친 여자가 앞으로 다가오더니 큰 절을 올렸다.

그때서야 눈을 들어 여자를 쳐다본 오한성은 하마터면 놀라 기절을 할 뻔 했다.

머리는 길게 산발을 하고 가슴에는 칼이 꽂힌 여자가 있는 것이 아닌가!

오한성은 정신을 차리고 음성을 가다듬었다.

"네가 귀신이냐? 사람이냐?"

"소녀는 분명 귀신이오며 이 관아에 있던 국향이라는 기생이옵니다."

"그런데 어인 일로 이런 행색을 하여 사람을 놀라게 하는고? 썩 물러가지 못할까!"

오한성은 소리를 지르며 칼을 잡았다. 여차하면 내려칠 기세였다.

"사또, 칼을 놓으시고 소녀의 말을 들어 주시옵소서."

"무슨 말을? 네가 여러 명의 사또를 잡아먹은 요귀인데 내 어찌 그냥 둘 수 있겠느냐?"

"그분들은 소녀가 해친 것이 아니옵니다."

"뭣이라고?"

"소녀의 억울한 사연을 아뢰올려고 그분들 앞에 나서기만 하면 놀라서……."

"그래, 좋다. 네 사연이 무엇인지 한번 말해 보아라."

"소녀는 원래 이 고을에서 사또를 모시고 있었습니다. 어느 날, 한 통인이 정을 통하려고 덤볐습니다. 소녀는 비록 기생이기는 하나 사또를 모시고 있는데 그럴 수 없다고 거절을 했습니다. 뿐만 아니라 이는 죄를 범하는 일이니 사또께 알리기 전에 어서 나가라고 야단을 쳤습니다. 그러자 그자는 기생인 주제에 큰 소리 친다며 저를 때렸습니다. 저는 너무 화가 나서 소리를 질러 사람을 부르려 했습니다. 그러자 그자가 칼로 저를 찔러 죽인 다음 폐문루의 큰 북 속에 넣어 버렸습니다. 이 원통한 사연을 현명하신 사또께오서 꼭 풀어 주십시오."

"으음, 그런 일이 있을 줄이야…… 알았다. 내가 그 놈을 잡아 처형을 할터이니 다시는 그런 형상으로 나타나지 말거라!"

"저의 부모가 저 때문에 홧병으로 모두 돌아가셔서 장례를 치뤄 줄 사람이 없사오니 구천을 떠도는 저의 영혼을 안치해 주신다면 더없이 고맙겠습니다."

다음 날 아침.

이방을 비롯한 몇몇이 관을 준비하여 오한성이 있는 방문을 열었다가 사또가 살아있음을 보고는 도리어 기겁을 했다.

"이런! 무엄한지고! 살아있는 사또를 강제로 장례를 치루려고 하다니 네 죄를 알렸다!"

추상 같은 외침을 들은 사람들은 혹시 귀신이 아닌가하여 두려워서 떨었다. 오한성은 모든 관속들을 곧바로 동헌으로 모이게 하였다. 한시라도 지체하는 자는 엄벌에 처할 것이라는 엄명과 함께.

이윽고 모든 관속들이 동헌에 모이자

"언제 어느 때 통인을 지낸 자가 누구인고?"

라고 물었다.

한 사람이 나섰는데 그는 지금 형방을 맡고 있다고 했다.

"저 놈을 당장 형틀에 묶도록 하여라!"

"아이구! 사또 왜 이러십니까요? 혹시 지난 밤에 무슨 일이 있어 머리가……."

"저 놈을 매우 쳐라!"

사령들이 형방을 녹초가 되도록 쳤다.

"네 죄를 알렸다!"

"사또 소인은 아무 죄도 없사옵니다. 무슨 영문인지도 모르구요."

"여봐라! 폐문루로 가서 큰 북을 열어보도록 하여라!"

북을 열어보니 과연 가슴에 칼이 꽂힌 여자의 시체가 있었다.

그러자 형방이 더 이상 숨길 수 없음을 알고 모든 사실을 실토하니 오한성은 그를 처형하고 국향이라는 기생의 장례를 잘 치루어 주었다.

그후 오한성이 선정을 베푸니 그 고을은 다시 그 전처럼 번성하였다고 한다.

밭 갈기는 마찬가지

한 홀애비가 딸린 자식없이 살고 있었는데, 옆집에 여종 하나를 데리고 사는 과부를 탐을 내었다.

서로 자식도 없는터라 같이 살면 좋으련만 과부의 수절이 만만치 않아 홀애비는 주위만 빙빙 돌 뿐이었다.

그러던 어느 해 봄이 되어 과부는 밭을 갈아야 되는데 소가 없어서 옆집의 소를 빌리기로 하고 여종을 보냈다.

"아저씨! 우리 아씨가 소를 하루만 빌려 달래요."

"그러냐, 그야 네가 나와 하룻밤만 자주면 이틀이라도 빌려주지."

홀애비는 여종에게 장난을 걸며 희롱을 했다.

집으로 돌아간 여종이 이 말을 과부에게 전하자

"네가 자고 싶으면 가서 자거라. 그럼 나도 소를 빌리게 되니까 좋지."

라면서 여종을 홀애비에게 보냈다.

이래서 여종은 홀애비와 같이 자게 되었는데, 일을 치루기 전에 홀애비는 여종에게 말했다.

"우리집에 소가 두 마리인데 큰소 이름은 아롱이고, 송아지 이름은 어롱이니 네가 일을 시작할때 소 이름을 부르기 시작하여 마지막에 부르는 이름의 소를 빌려주마. 그렇지 않고 다른 소리가 나오면 못 빌려 줄테니 그리 알아라."

여종은 홀애비의 말대로 큰소 이름인 아롱이를 부르면서 일을 치루기 시작했다.

그러나 얼마만큼 시간이 지나면서 흥분하게 되자 어롱인지 아롱인지 구분이 안가고 중얼거리다가 겨우 정신을 차리고 '어롱이'하고 간신히 불렀다.

그러자 홀애비가

"네가 부른 소 이름은 송아지이니 가져 갈려면 가져 가거라."

라고 말하니 여종은 빈손으로 돌아갈 수 밖에 없었다.

여종에게서 이 말을 들은 과부는 화를 내면서 꾸짖었다.

"아롱이 이름 부르는 것이 뭐가 그렇게 어려워서 어롱이라고 부르느냐? 밭은 빨리 갈아야 하는데 큰일이구나. 농사는 지어야 하니 내가 갔다올 수밖에 없지."

과부는 홀애비를 찾아가서 여종과 똑같은 약속을 하고 일을 치루기 시작했다.

처음에는 흥분을 애써 참으며 침착하게

"아롱이, 아롱이."

큰소 이름만 잘 불렀다.

그러나 일이 시작이 되고 오랫만에 사내를 만나는 과부

는 정신이 아찔하여 '아롱이' '어롱이'는 깨끗하게 잊어버리고 끙끙 앓다가 끝이 났다.

끝나고 하는 말이

"어이구야, 나 죽네. 어이구야!"

였다.

그 뒤 홀애비는 마누라 얻고 종 얻고, 과부는 남편 생기고 소 생기고 하였다한다.

방아 찧으라는 소리인 줄 알았지

이천에 사는 오 생원은 일찍 상처하고 딸만 하나 데리고 살고 있었다.

사는 형편이 넉넉지 못해 잘 가르치지도 못한 딸이었지만 영특하여 평양감사에게로 시집을 갔다.

오 생원은 시집 가는 딸에게 해 줄 것이 아무 것도 없어서 집에서 쓰던 헌 방아공이만 하나 달랑 딸려 보냈다.

혹 방아 찧을 일이 있으면 쓰임새가 있을까해서 였다.

그나마 있던 딸을 시집을 보내고 나니 오 생원은 하루하루 지내기가 곤란할 정도로 궁핍하게 살며 이곳 저곳 다니며 얻어먹는 거지 신세가 되었다.

"아, 이 사람아! 사위가 평양 감사인데 가서 돈이라도 얻어오게."

"그럼, 설마 장인이 가는데 그냥 보내겠어."

마을 사람들이 오 생원이 안쓰러워 말을 할라치면

"딸 하나 잘 사는 것만으로 나는 족하네. 내가 이렇게 산다는 것을 알면 사위 체면이 뭐가 되겠는가."

라면서 거절을 했다.

그러다가 오 생원의 환갑이 돌아왔다. 그 동안 마을 사람들에게 진 신세를 이번 기회에 갚기는 갚아야겠는데 당장 한 끼 먹을 양식도 없으니 한심할 노릇이었다.

오 생원은 생각다 못해 사위에게 처음이자 마지막으로 도움을 청하기로 하고 사람을 평양으로 보냈다.

사람이 평양 감사를 찾아가자 부부가 버선발로 뛰어나오며 반겼다.

"사람이 올 줄 알고 기다리고 있었네."

하루 저녁 자면서 대접을 잘 받고 아침에 떠나려하자 사위가 헌 방아공이를 내밀었다.

"이게 이 사람이 시집올 때 가지고 온 것인데 우리집엔 방아 찧을 일이 없으니 장인어른께 다시 가져다 드리게."

심부름을 간 사람이 하도 어이가 없어서

"이것만요?"

라고 되물었으나 역시 대답은 마찬가지였다.

심부름 갔던 사람이 집에 돌아오니 그가 미처 마당에 들어서기도 전에 오 생원이 물었다.

"그래 내 사위가 뭘 챙겨 주던가?"

"흥! 그것도 사위라고, 이거 하나 달랑 줍디다."

헌 방아공이를 본 오 생원은 화가 치밀어 소리를 질렀다.

"아니! 그눔이 평양 감사면 감사지 그래도 내 사위가 아니여? 그런데 나를 이렇게 구박을 할 수 있는가? 내가 우리 딸을 시집 보낼 때 방아공이만 보낸 것을 앙갚음 하는 게 틀림이 없구나! 아이고, 우리 딸은 얼마나 설움을 받으며 살까!"

오 생원은 처음에는 화가 나서 소리를 지르다가 나중에는 자신의 신세가 처량하여 엉엉 울기 시작했다.

며칠 뒤에 환갑이라고 딸 부부가 찾아왔다.

"여긴 뭣하러 왔느냐? 당장 나가거라!"

오 생원은 대뜸 소리를 질렀다.

"아니? 아버님! 불원천리 멀다 않고 온 사위한테 그게 무슨 말씀이세요?"

딸이 놀라서 오 생원에게 따지듯이 물었다.

"사위는 무슨 얼어죽을 사위야. 장인이 모처럼 부탁을 했는데 그래 방아공이만 달랑해서 보내냐, 딸도 다 소용이 없어."

오 생원이 속마음을 내보이자 그제야 사정을 짐작한 사위와 딸은 빙그레 웃었다.

"장인 어른, 그 방아공이는 어디에다 두셨습니까?"

"왜? 그것도 아까워서 다시 가져갈려고? 저기 헛간에 버렸으니까 가져가려면 가져가게."

사위가 버려진 방아공이를 가져다가 공손하게 오 생원에게 바치며 말했다.

"장인 어른, 이게 이번 생신의 선물입니다."

"아버님, 어서 받으셔서 방아를 찧어 보세요."

오 생원은 사위 부부가 간청을 하자 못미더워지만 속는 셈치고 헛방아를 찧었다. 그런데 이게 웬일인가!

방아공이가 부러지면서 금덩이가 쏟아져 내리는 것이었다. 오 생원은 놀랍기도하고 부끄럽기도 하여 할 말을 잊었다.

"아니! 이런 걸 어떻게. 그런 줄도 모르고……."

"아버지,그걸 만약에 보자기에 싸서 보냈으면 오다가 도둑에게 뺏기고 말지 그게 아버지 손에 들어 오겠어요."

오 생원은 무안해서 머리를 긁적였다.

"나는 방아를 찧으라는 줄만 알았지."

신부 야반도주 시킨 신랑

안동에 사는 김 진사의 딸과 이 참판의 아들이 혼인을 했다.

김 진사의 딸은 뛰어난 미모에 글공부가 높기로 소문이 자자했으나 이 참판의 아들은 과거에 두 번이나 떨어진 뒤로는 기방출입과 노름으로 세월을 보내고 있었다.

이 참판의 아들이 결혼을 해서 신부를 가만히 살펴보니 어딘가 모르게 이상한 것이 많고 잠을 자다가 헛소리로 다른 남자의 이름을 부르는 것이었다. 그래서 이것 저것 다 귀찮아서 공부를 한답시고 절간으로 들어가 버렸다.

한편, 김 진사의 딸에게는 시집오기 전에 몰래 사귀던 안도령이라는 자가 있었는데 부모의 뜻에 따라 마음에도 없는 시집을 오게 된 것이었다.

날마다 깊은 새벽에 만나 사랑을 속삭이다가 졸지에 여인을 뺏겨버린 안 도령은 자리를 깔고 며칠을 누워 있었다. 그러던 어느날 낭자가 어떻게 살고 있나 먼 발치에서라도 보고 오리라 마음먹고 여복을 하고 길을 떠났다.

김 진사의 딸이 사는 동네에 가서 수소문을 하니 신랑되는 사람은 절간으로 공부를 하러 떠났다고 하니 이참에 얼굴이라도 볼려고 박물장수로 꾸며서 찾아갔다.

"원래는 사대부의 집안이었으나 아버님이 갑자기 돌아가시고 어머니마저 병환으로 눕게 되어 이렇게 처녀의 몸으로 장사를 나섰으니 마님께서 어여쁘게 여기셔서 돌보아 주시길 바랍니다."

안 도령이 간청을 하자 이 참판의 부인은 얼굴도 빼어나고 글공부도 제법한 듯하여, 묵도록 허락을 하였다.

안 도령은 종일 돌아다니면서 장사를 하고 저녁이면 이 참판 집으로 와서 묵었다.

"낭자!"

"도련님!"

신부는 안 도령이 찾아온 것이 놀랍고 두려웠으나 차츰 그것을 잊어버리고 두 사람은 밤이 새도록 후원에서 몰래 만나 사랑을 불태웠다.

어느 날은 한 계집종이 깊은 밤에 아씨의 방을 지나치다가 이상한 소리를 듣고 기이하게 생각되어 창문 가까이 가보니 그 소리는 남녀가 뒤엉켰을 때 내는 소리가 아닌가!

너무나 놀라 숨어서 지켜보았더니 젊은 아씨의 방에서 나오는 사람이 다름아닌 박물장수였다. 계집종이 살금살금 뒤를 밟아 보았더니 오줌을 누는데 서서 누니 분명히 남자였다.

이 사실을 이 참판 부인에게 알리니

"너는 아무 소리 말고 절에 가서 서방님이나 오라고 해라!"
라고 은밀하게 말을 하고 박물장수와 며느리에게는 모른 체 했다.

이 참판의 아들은 공부는 안하고 놀다가 자기의 마누라가 이상한 짓을 한다는 연락을 받고 부리나케 달려왔다.

오자마자 커다란 칼을 갈아서 들고 기다렸다가 신부의 방으로 쳐들어갔다.

"둘다 일어나거라!"

꼭 끌어안고 막 사랑을 시작하려던 참에 느닷없은 일을 당했으니 한 마디 말도 못하고 일어섰다.

"옷을 다 벗어라!"

옷을 벗겨보니 하나는 여자고 하나는 남자가 분명한지라,

"다시 옷을 입어라!"

신랑은 아무 말없이 밖으로 나와서 호통을 쳤다.

"남자는 무슨 놈의 남자여? 아씨가 심심하여 박물장수를 불러서 이런 저런 얘기 하면서 놀고 있는데, 이 야단을 쳐서 공부하는 사람을 불러 내고 난리냐? 분명히 둘 다 여자다. 다시 한번만 이 일로 시끄럽게 한다면 내가 물고를 내리라."

이 참판의 아들은 '이왕지사 이렇게 된 일인데 두 사람을 죽인다고 날 것이 있겠는가'라는 생각으로 두 사람을

몰래 야반 도주를 시켰다.

그리고 다시 절로 들어가서 마음을 고쳐먹고 글공부에 매진하여 큰 벼슬에 올랐다고 한다.

솥 뒤집어 쓴 여인

행실이 방정하지 못한 여인이 있었다.

어느 날, 저녁 늦게 길을 가던 행상이 하룻밤 묵어가게 되었는데 단칸방인지라 같이 자게 되었다.

밤이 깊자 여인은 행상이 자는 줄 알고 남편을 깨워 일을 치루었다.

잠결에 이상한 소리를 들은 행상은 곧 알아차리고 모르는 체 물었다.

"주인장, 지금 무얼 하고 계시오?"

주인이 계면쩍게 대답했다.

"피곤하실텐데 주무시지 않고, 아시다시피 잠시 운우 나들이를 했소이다."

그러자 행상이 한 마디 했다.

"거 보아하니, 말은 좋은데 마부가 시원찮은 나들이구려."

"어찌 그렇소?"

"사대부의 나들이엔 품격이 있지요."

"그게 어떤 것이요?"

"하나는, 무골이 들고 일어나 뼈를 녹이는 것이 상격이고, 하격은 유골이나 빈 두레박 올리는 것 같은 것이지요. 그러니 체면치레는 하셔야지요."

행상의 이 말을 들은 여인은 귀가 번쩍 뜨였다. 그렇지 않아도 늘 빈수레만 끌고 다니는 남편에게 불만이 가득차 있었다.

골몰히 생각한 여인은 한 가지 꾀를 내었다.

"여보! 큰일 났어요."

라고 호들갑을 떨며 남편을 깨웠다.

"큰일이라니?"

"내가 방금 꿈을 꾸었는데 조상님의 무덤에 멧돼지가 나타나 마구 파헤치고 있으니 얼른 가서 쫓고 오세요."

여인의 말에 남편은 부리나케 활을 들고 밖으로 나갔다.

남편이 나가자 여인은 노골적으로

"내 뼈가 아직도 녹지 않았으니 어찌해 보시오."

라며 유혹을 했다.

행상이 굴러온 복을 마다할 리가 없었다.

여인은 뼈가 녹는 듯한 기분에 행상에게 반해서 가재도구까지 챙겨서 야반도주를 하게 되었다.

한참을 가다가 행상이 가만히 생각해보니 남의 부인을 달고, 거기다가 가재도구까지 훔쳐서 도망을 치니 반드시 뒤끝이 좋지 않으리라는 생각이 들었다.

그래서 여인을 따돌려야겠다고 마음 먹었다.

"여보게, 이렇게 만난 것도 인연이 아닌가."

"그렇지요. 인자는 내가 당신 잘 모실라요."

"그래서 하는 말인데 이럴 땐 액땜을 해야 잘 산다더군."

"어떻게요?"

"내가 임자네 집에 가서 마당에다 오줌을 누고 올테니까 임자는 내가 올 때까지 솥을 머리에 쓰고 여기에 있구려. 내 금방 다녀오리다."

액땜이라는 말에 여인은 머리에 솥을 뒤집어 썼다.

한편, 남편은 멧돼지는 구경도 못하여 화가 나서 집으로 와보니 마누라도 안보이고 가재도구도 쓸만한 것은 없었다.

둘이 배가 맞아 도망친 것이라고 생각하고 활을 꼰아 들고 뒤를 쫓았다.

여인은 이제나 저제나 행상이 오기만을 기다리며 애를 태우고 있는데 천둥소리 같은 남편의 목소리가 들렸다.

"여보, 마누라. 여기서 뭣 하고 있어?"

큰일났다 싶은 여인은 꾀를 생각해 내었다.

"아 글쎄, 그 행상 놈이 우리 가재도구를 가지고 도망을 치지 않았소. 누가 그러는데 이렇게 솥단지를 쓰고 있으면 도독놈이 곧 발병이 난다기에 이러고 있는 것이지요."

그러자 남편이

"당신은 이제 힘이 들터이니 내가 쓰고 있으리다."
라면서 여인 대신에 솥을 뒤집어 썼다.

집이야 타건 말건 바람아 불어라

넷째마당

늙은 말이 콩을 마다하랴

늙은 말이 콩을 마다 하랴

고령 고을에 김 생원이라는 자가 있었다.

그는 늙었으나 재산이 많아 나이 어린 첩을 데리고 살았다.

첩이 한창 방글방글 피어날 나이라 보면 볼수록 예뻐보이는 김 생원이었지만, 잠자리에서는 마음만큼 몸이 따라주지 않아서 고민을 하고 있었다.

생각다 못한 김 생원은 있는 보약 없는 보약을 다 해먹고 첩과 잠자리를 같이 했다.

"들어가느냐?"

라고 김 생원이 물으니

"기별도 없사옵니다."

첩이 어림도 없다는 투로 대답을 했다.

애간장이 타는 김 생원은 땀까지 흘려가며 있는 힘을 다했다.

"이래도 아니 되었느냐?"

이에 첩이 안쓰러운 생각이 들어

"이제는 진척이 많이 되었습니다."

라고 거짓으로 대답을 하였다.

이 말을 들은 김 생원은

"내가 나이는 있어도 아직은 너같은 아이 몇은 상대할 수 있는 힘이 있지."

라고 말하며 크게 기뻐했다.

성불하소서!

지리산의 깊은 곳에 자리잡은 어느 절에서 있었던 일이다.

석가 탄신일의 연등 행사가 끝나고 사미승이 경내를 청소하다가 이상한 물건을 발견하였다.

그것은 여인의 은밀한 곳에 난 터럭이었는데 사미승은

"내가 오늘 평생을 구해도 얻지 못할 보물을 얻었구나."

라며 몹시 기뻐했다.

그러나 다른 중들이 그 광경을 보고 서로 차지하려고 덤벼 들었다. 사미승은 빼앗기지 않으려고 경내를 마구 뛰어다녔다.

결국 이 소동은 여러 스님들에게 알려지게 되어 주지가 종을 쳐서 모든 중들을 모아 회의를 열었다.

처음 발견한 사미승은 이렇게 주장했다.

"이것은 소승이 먼저 발견했으니 제 것이 틀림없사옵니다."

그러자 다른 사람이 반론을 폈다.

"그것은 아니되오. 비록 발견은 사미승이 하였다고하나

경내에서 발견된 것이니 혼자서 차지할 수는 없는 것이오."

"옳소!"

이리하여 사미승은 터럭을 대중 앞에 내어 놓게 되었다.

비록 보물이 여러 사람의 것으로 나오게 되었으나 만족해 하는 사람이 없었다.

한 중이 의견을 내어 놓기를

"이는 보기만 하고 맛을 알 수도 없으니 쪼개어 조금씩 나누어 갖는 것이 어떻겠소?"

라고 했다.

"좋기는 하지만 불과 두 치도 안되는 것을 어찌 이 많은 대중들이 나누어 가질 수 있겠소?"

의견이 분분하여 통일이 이루어지지 않자 한쪽에 앉았던 객승이 말참견을 했다.

"소승에게 좋은 생각이 있는데 어떠신지요?"

"체면 차리지 말고 어서 말해 보시오."

"그 보물을 두고 본다는 것도 안되고 쪼개어 나눠 갖는다는 것은 더욱 도리에 어긋나는 것이니 밥을 한 다음 숭늉을 만들 때 넣고 푹 고아서 숭늉으로 마시면 모두에게 좋은 일이 될 것이오. 또한 객승에게도 한 사발 나눠 주신다면 그보다 더한 보시가 어디에 있겠소?"

그때 그 소문을 듣고 먼 암자에서 백 살이 넘은 노승이 찾아왔다.

"허허, 어느 곳에서 오신 고승이시기에 이토록 고명하신지요?"

"……."

"소승이 오랫동안 천식으로 고생을 하고 있었는데, 모두가 자기들의 앞만 생각하고 그 보물을 나누자고 하는데, 이는 부처님의 자비가 하나도 없음이요. 오늘 고승의 가르침으로 소승도 한 사발 얻어 먹게 되어 병을 고치게 되었으니 이것이 부처님의 자비가 아니고 무엇이오."

이에 모든 중들이 합장하여 말했다.

"성불하소서!"

콩을 던지는 뜻은

영남 사는 양 진사는 풍채도 좋고 덕망도 있어 마을 사람들에게 신망을 얻고 있었으며 여자의 마음을 사로 잡는 데도 남다른 기술을 가지고 있었다.

어느 날, 길을 가다 한 여인을 만났는데 한눈에 마음이 끌리었다.

그러나 젊은 여인은 세도께나 부리는 집안인듯 하인을 여러 명 데리고 있어서 수작을 붙일 수가 없어 기회를 엿보고 있었다.

마침 점심 때가 되어 주막집에 들러 밥을 먹게 되었는데 양 진사는 한 하인에게 막걸리를 받아주며

"어디로 가는 행차이기에 이토록 요란 하더냐?"

라고 물으니 그 하인이 말했다.

"한양 사는 이 대감의 작은 마님인데 친정에 다녀 가는 길입지요."

"그럼 저녁은 어디서 쉬어갈 참이냐?"

"어두워지면 그곳에서 묵어 가야지요."

그날 저녁 양 진사는 그들과 함께 객점에서 묵게 되었

다.

양 진사는 객점 주인에게 방 값을 후하게 치루고 젊은 여인이 묵는 방의 옆 방을 얻었다.

밤이 되었지만 워낙 사람이 많은지라 좀처럼 말을 걸어 볼 틈이 없어 고민하던 양 진사는 한 가지 꾀를 내었다.

슬그머니 방을 훔쳐보니 여인은 등잔불 아래서 다소곳이 바느질 하고 있었는데 그 자태가 양 진사의 마음에 불을 더욱 당겼다.

이리저리 기회를 살피던 양 진사는 틈을 타서 여인에게 콩을 한줌 집어 던졌다.

그러나 여인은 돌아보지도 않은 채 계속 바느질만 할 뿐이었다.

다른 방법을 생각해야겠다고 돌아서는데 여인이 양 진사가 던진 콩을 다시 던졌다.

곧 뜻을 알아차린 양 진사는 사람들이 잠든 틈을 이용하여 여인의 곁으로 가고자 했으나 뜻대로 되지 않았다.

여인도 원래 음탕한 기질이 있어 양 진사를 마음에 두고 있었는데 먼저 손을 뻗어오니 좋았지만 모른 체 했던 것이다.

서로 마음이 통한 뒤 여인이 기지를 발휘하여 밖으로 슬쩍 나가더니 암말을 풀어 놓은 다음 수말을 풀어 놓으니 말들이 '히잉' 울어제치며 날뛰기 시작했다.

하인을 비롯한 사람들이 말을 쫓아간 사이 둘은 방에서

말을 잡느라 땀을 뻘뻘 흘렸다.

말이 마굿간으로 붙잡혀 올 때는 양 진사와 여인은 만족한 시간을 충분하게 보낸 다음이었다.

발을 헛 디뎌

한 어리석은 총각이 장가를 가게 되었다.

아들이 걱정이 된 어머니는 첫날밤에 해야할 일을 자세하게 일러서 보냈다.

드디어 첫날밤.

총각은 어두운 방에서 신부의 족두리를 빼느라고 애를 먹어 어머니가 가르쳐준 것을 모두 잊어 버렸다.

더듬더듬 하면서 신부의 옷을 벗기다보니 등에 손아귀에 꽉차는 웬 혹이 두 개씩이나 있는 것이 아닌가!

너무 놀란 신랑은

'어이쿠! 이거 잘 못 건드렸다가 큰코 다치겠는걸.'

라는 생각으로 뜬 눈으로 밤을 새웠다.

아침이 되어 장인에게 화를 벌컥 내고 집으로 돌아갔다.

아들에게서 사정을 들은 어머니는 다시 여차저차 하라고 자세하게 알려 주었다.

그래서 다시 신부를 맞이하러 가서 밤이 되었다.

이번에는 신부가 어젯밤의 일을 생각하고 미리 옷을 벗고 누워 있었다

신랑은 어머니가 가르쳐 준대로 했으나 있어야할 것이 없으니 그 다음의 행동을 또 모두 잊어 버렸다.

신부가 신랑이 하는 대로 몸을 맡기고 가만히 보니 자신의 배꼽에 이르더니 그곳에서 힘을 쓰며 땀을 흘리고 있는 게 아닌가!

역시 신랑은 화를 내며 집으로 돌아갔다가 어머니에게 혼나고 다시 교육을 받고 돌아왔다.

그날 밤이 지나자 신랑은 집으로 돌아갈 생각을 안했다.

친구들이 궁금하여 물었더니 신랑이 하는 말.

"신부 방에서 발을 헛디뎌 득혈(得穴)하니 나올수가 없었네."

알맹이는 다 빼먹고

고부 고을에 이춘이라는 선비가 살고 있었는데 부모에게 물려 받은 재산이 많아 경치 좋은 곳을 찾아 다니며 풍류나 즐기는 한량이었다.

이춘이 이곳 저곳을 떠돌다가 어느 고을에서 미향이라는 기생을 만나게 되었다.

이 미향이라는 기생은 자색이 뛰어나고 남자 홀리기를 잘하고 음탕하기가 이를 데 없기로 소문난 여자였다.

첫눈에 미향에게 반한 이춘은 재산을 몽땅 맡기고 노래와 춤으로 세월을 보냈다.

"나으리, 봄이 되었으니 옷이라도 한 벌 해 입어야지요?"

"음 그래라, 그까짓것 얼마되겠느냐."

"호홍, 소녀는 죽어서도 나으리만 사랑할 거예요."

이런 달콤한 미향의 사랑 맹세에 넉 달도 지나지 않아서 이춘의 재산은 거덜이 나고 말았다.

이를 안 이춘은 어느 날, 미향을 앉혀 놓고 그윽한 목소리로 말했다.

“내 이제 가진 재산은 없다만 그대의 영원한 사랑을 얻었으니 더 무엇을 바라겠느냐. 너도 나만 있으면 그만이지 안 그런가?”

그러나 미향은 대답은 않고 물었다.

“나으리, 진짜로 재물이 이것이 다이옵니까? 혹 저 몰래 쓰실려고 숨겨 놓은게 있는 것이 아닌지요?”

“허허, 내 ×알만 남겨 놓고 모두 주지 않았느냐?”

그러자 금새 얼굴이 샐쭉해진 미향은 자세를 고쳐 앉았다.

“실은 나으리와 평생 몸을 섞고 살기엔.”

“오냐 오냐 괜찮다. 나도 다 알고 있느니라. 나 이전에 몸을 나눈 사내들이 많겠지만 이젠 소용이 없지 않느냐?”

“그게 아니오라…… 그 등급이…….”

“그래? 그렇다면 생각나는 사람들을 순서대로 불러보게. 내가 적을테니 저 강물에 던져 잊어버리도록 하지.”

이래서 미향은 베개에 누워 눈을 감고 자신이 상대한 사내들을 정력이 좋았던 순서로 부르기 시작했다.

“첫째는 안성 고을에 사는 안 공이라는 사람인데 인물 좋고 돈 잘 쓰고 마치 일곱 마리의 말로 들판을 달리는듯 했지요, 둘째는 인물도 없고 돈도 없었지만 변강쇠같은 충청도 양반 고을에 사는 홍 선비라는 사람이요, 셋째는 한양 사는 김 공이라는 유생이요.”

“그럼, 그 다음은?”

"옹기장수 김씨, 소금장수 오씨, 박 첨지네 머슴 대충 이런 순서지요?"

"또 그 다음은?"

이춘은 자신의 이름이 나오지 않자 얼굴을 붉히며 물었다.

그러자 미향은 안되었다는 듯이 말했다.

"당신이 지금까지 나하고 살았으니 체면상 안넣을 수 없으니 꼬래비로 쓰시구랴."

이래서 하루 아침에 거지가 된 이춘은 걸식을 하며 고향으로 돌아갔다고 한다.

번갯불 같은 정

한양에 안호라는 벼슬아치가 살고 있었다.

그는 임금의 명을 받들어 공주로 내려가 보름을 머무르게 되었다.

원래가 주색을 즐기는지라 그 사이에 화련이란 기생을 얻어 사랑을 나누었다.

화련이 헤어질 때 눈물을 흘리며 슬퍼하길래 제법 많은 재물을 주고 왔다.

그리고 세월이 흐른 뒤, 안호는 조정의 일로 다시 공주에 내려가게 되었다.

고을 사또와 주연상을 같이 하게 되었는데 옛날의 일이 생각이 나서 기생 화련이 있으면 데려오도록 했다.

세월이 흘렀지만 화련의 고운 자태는 그대로 였다.

안호는 눈물을 뿌리며 옷소매를 잡던 그때의 모습과 그와 즐기던 나날이 구름처럼 피어 올랐다.

"그대는 내가 누구인지 기억하는가?"

"나으리를 소녀가 어찌 잊으오리까."

"허허, 그래 내가 누구인지 말하면 큰 상금을 내리리라."

안호는 기뻐서 말했다.

"소녀가 비록 관가에 매여 이몸 저몸 옮겨 다니오는 팔자이나, 어찌 사랑을 바친 사람을 잊을 수 있겠습니까?"

"오호! 그래 기특한지고. 나를 그토록 잊지 못한단 말이지?"

"그러하옵니다."

"그래 내가 누구더냐?"

화련은 배시시 웃으며 말했다.

"성은 김씨요, 이름은 성자 우자가 아니옵니까?"

"……?"

그 주인에 그 종이라

홍성 사는 오 첨지가 있었는데 재산이 제법있어 첩을 거느리고 살고 있었다.

어느 날 첩이 일이 있어 고향인 한양으로 가게 되어 짐꾼으로 종을 한 명 딸려 보내야 했다.

종이 나이가 어리긴 하였으나 그래도 사내라 무슨 일을 저지를까 걱정이 되어 불러서 물었다.

"너 여자의 옥문이 무엇인지 아느냐?"

종은 그것이 무엇인지 뻔히 알면서 엉뚱한 대답을 했다.

"한양에 사는 나으리들이 다니는 문이지요."

그러자 오 첨지는 안심을 하고 종을 첩에게 딸려 보냈다.

종과 첩은 길을 가다가 개울을 건너게 되었는데 물이 깊어 첩은 건널 수가 없었다.

종 녀석이 아랫도리를 벗고 첩을 업고 건너니 여인의 살결과 냄새에 저절로 거시기가 불끈 솟아 올랐다.

첩이 보니 너무 탐이 나는지라 개울을 다 건너와서 일부러 벌렁 넘어졌다.

종 녀석이 그 모양을 보더니 능청스럽게

"아이구 아씨. 여기 한양 나으리들이 드나드는 문이 열렸습니다요."

라고 말했다.

그러자 첩이 종의 손을 잡고 말했다.

"너 이번에 한양을 꼭 가고 싶지?"

"그럼요, 그래야 아씨를 잘 모시고 가지요."

"그렇다면 내 말을 잘들어야 하느니라. 한양에 있는 옥문을 지나려면 이 문부터 지나야 한다는 것을 알고 있느냐?"

첩이 은근 슬쩍 꼬리를 쳤다.

종 녀석은 알고 있었지만, 모른 체 하고 말했다.

"그런데 그 문에는 문지기가 없습니까요?"

"왕후장생도 씨가 따로 없는데 어찌 주인이 있겠느냐? 지나가는 사람이 주인이 아니더냐?"

이리하여 첩과 종은 이렇게 저렇게 했다고 한다.

코가 닮았다

돼지 한 마리가 길을 가다가 잘못하여 개울로 떨어졌다.

마침 농부가 지나가고 있었다.

"여보시오. 나 좀 구해주시고 가시오."

그러나 농부는 들은 체도 안하고 그냥 지나쳐 갔다.

이에 돼지가 큰소리로 농부를 부른 다음 화를 내며 말했다.

"당신은 나와 절친한 사이인데 어찌 그냥 지나치는 것이요?"

"무엇이? 어째서 네놈이 나와 친하단 말이냐?"

농부가 화가 나서 말했다.

그러자 돼지가 젊잖게 말했다.

"당신 거시기와 내 코끝이 많이 닮지 않았소?"

방귀도 꾀꼬리 소리라

충청도 청풍에 있었던 이야기이다.

나이가 들어 늦게 급제한 홍씨라는 선비가 살고 있었다.

그 동안 공부하느라 술과 기생을 모르고 살았으나, 늦게 그 맛을 알게 되었다.

늦게 배운 도적질이 날새는 줄 모른다고, 한 기생에게 빠져 헤어나질 못하고 있었다.

이를 보다 못한 친구들이 홍씨를 책망했다.

"여색이란 알고 보면 아주 추한 것일세."

"나 역시 그를 잘 알고 있네."

"그럼 어찌 여색을 끊지 않는가?"

"내가 본 여자의 추함이란 이런 것이네. 뒷간에 앉아 있는 모습은 마치 공작이 구름에 앉아 알을 품은 듯하고, 다리를 벌리고 침을 흘리며 자는 모습은 깊은 계곡에 숨겨진 감로주를 만나는 기분이고, 방귀소리는 마치 꾀꼬리가 꽃나무에 앉아 짝을 찾는 소리요, 오줌을 눌 때면 장미가 송송 피어나는 듯하니 어찌하겠는가?"

이 말을 친구들이 크게 웃으며 시를 지어 화답했다.

미인이 백 가지로 아름다운 것은
더러움에서 나는 향기 때문이다.
어찌 홀로 화왕을 욕하리오.
장미도 가시가 있지 않는가.

도둑은 도둑

한 선비가 먼길을 가게 되었다.

길을 가다보니 아버지의 제삿날이 되었는데도 객지에 있는지라 제사상을 차리지 못했다.

날이 저물어 어느 집에 묵게 되었는데 그날이 마침 그집의 주인인 과부의 생일인지라 진수성찬을 대접 받게 되었다.

그러나 아버지의 제사도 못 모시는터라 그 음식을 먹을 수가 없어서 그냥 물리고 말았다.

과부의 미모 또한 아주 절색이었지만 사대부의 길을 버릴 수가 없어 애를 태웠다.

밤이 깊었는데 선비는 잠을 못이루며 안방의 과부의 동정에만 신경을 곤두세웠다.

'이미 돌아가신 아버지가 제삿날이라고 다시 살아오실리는 만무하고, 아는 사람도 없는 객지이니 어떨까?'

이런 생각을 하다가 선비는 더 참을 수가 없어 염치불구하고 과부의 이불 속으로 몸을 집어 넣었다.

오랫동안 사내를 못만나고 있던 과부도 좋아하며 선비를

맞아 들였다.

그러나 선비는 과부의 몸을 애무하여 달구어 놀 뿐이었다.

몸이 달은 과부는 선비에게 일을 빨리 치룰 것을 재촉했지만 그에 응하지 않고 선비는 엉뚱한 말을 했다.

"내가 오늘 부친의 제삿날이기에 저녁도 굶고 이 일도 이러하오. 그대는 그 법도를 아시오?"

그러자 과부가 자리를 박차고 일어나며 꾸짖었다.

"도둑이 집 안으로 들어왔다가 물건을 훔치지도 못하고 그냥 가니 훔치지도 않고 도둑의 이름을 얻는 그 부끄러움을 아시오!"

마음은 콩밭에

여러 남녀가 모여서 콩밭을 매고 있었다.

한참 김을 매다가 노래도 하고 우스갯소리를 하는데 모두가 잠자리에 관한 이야기였다.

듣기만 해도 욕정을 일으키는 진한 음담패설이었다.

한편, 그 윗밭에서는 젊은 부부가 역시 밭을 매고 있었다.

아랫밭에서 들려오는 소리에 마음이 동한 아내가 넌지시 남편에게 물었다.

"여보, 저 아랫밭에서 들려오는 소리가 무엇이지요?"

"일은 안하고 떠들기만 하는 구려."

"이 긴긴 여름날 고달픔을 잊으며 일하기에는 저것보다 더 좋은 일이 어디 있겠어요."

젊은 아내는 신세 타령을 하듯 아예 밭에 눌러 앉아 풀은 안매고 호미로 생땅을 파며 말했다.

"글쎄, 쓸데없는 데 신경쓰지 말고 어서 밭이나 매구려."

"에이구 내팔자야, 구시렁구시렁 일이나 해야지. 무슨 사내가 농담도 한 마디 못하고 저토록 무뚝뚝할까."

드디어 아내는 강짜를 부리며 투정을 시작했다.

그러자 남편이 말했다.

"하루 종일 아무리 달콤한 말로 떠들어봐야 입만 아프지 무슨 소용이 있겠소?"

"그러면요?"

"날이 어두워져 집으로 가면 다 알게 될터인데."

"어떻게요?"

"내가 당신의 몸뚱이를 소 아홉 마리가 논을 삼듯이 구석구석을 두드려 주겠소."

"에이그머니나!"

이 말을 들은 젊은 아내는 얼굴을 붉히며 부지런히 김매기에 열중했다고 한다.

뽕 따고 알 먹고

지금의 잠실 부근에서 전해 오는 이야기이다.

동대문 밖에 김성이라는 사람이 살고 있었다.

어느 날, 뽕을 따러 잠실엘 가게 되었다. 한 곳에 가니 뽕나무 밭이 우거졌는데 마구 어지럽혀진 자리가 보였다.

'아이들이 와서 노는 모양이군.'

이라고 생각하며 나무에 올라가 뽕을 따기 시작했다.

뽕을 열심히 따고 있는데 웬 건장한 총각이 오더니 뽕나무 아래에서 긴 휘파람을 불었다.

그러자 얼마 후 아리따운 여인이 술주전자와 음식을 한 보시기 가지고 나타났다.

총각은 여인이 가지고 온 술과 음식은 건드리지도 않고 옷을 벗어 던지더니 여인을 안아 뽕밭으로 들어갔다.

뽕밭에서 망아지 뛰어노는 소리가 요란하게 들리더니 한참을 있다가 알몸이된 남녀가 나와서 김성이 올라가 있는 나무 아래에 앉았다.

"이렇게 가끔씩밖에 만날 수 없으니 소녀는 안타까울 뿐이어요."

여자가 총각의 품에 안겨 코맹맹이 소리로 말했다.

"글공부 하라는 아버님의 감시가 워낙 심하니 어쩌겠소."

총각이 여인을 떼어놓으며 옷을 입었다.

"아니! 벌써 가시렵니까?"

여인이 옷고름을 잡으며 매달렸다.

그러나 총각은

"내일 이맘 때쯤 다시 오리다."

라는 말을 남기고 가버렸다.

총각이 가버리자 여인은 긴 한숨을 쉬며 천천히 옷을 입기 시작했다.

그때 나무 위에 있던 김성이 땅으로 내려와 여인의 옷자락을 잡아 당겼다.

"에그머니나!"

"놀라지 마시오. 나는 처음부터 그대가 하는 짓을 모두 본 사람이오."

"어찌하면……."

놀란 여인이 옷도 다 입지 못한 채 더듬거리며 물었다.

"내가 시키는 대로만 하면 뒤탈이 없을 것이오."

김성은 총각이 하던 것처럼 여인을 안고 뽕밭으로 들어갔다.

총각과 헤어지는 아쉬움에 젖어 있던 여인은 금새 달아올라 김성과 뜨거운 사랑을 쉬지않고 몇 차례나 나누었다.

잠시후 ㅡ.

김성은 나무 그늘에 누워서 여인이 가지고 온 술과 음식을 먹고 여인은 뽕밭에서 뽕을 따고 있었다.

밤에 우는 새

한 부부가 있었는데 아이가 잠을 잘 때 따로 자지 않아 적잖이 애를 먹고 있었다.

어느 날, 그 부부는 아이가 깊게 잠이 들었음을 확인하고 방사를 치루기 시작했다.

일에 너무 열중하다 보니까 아이가 이불 밖으로 밀려 나는 것도 몰랐다.

다음 날 아침에 아이가 물었다.

"아버지, 밤새도록 이불 속에서 진흙 밟는 소리가 나던데 그게 무슨 소리죠?"

"응 그건 진흙새 소린데 서로 화답을 하는 소리지."

"그샌 밤에만 우나요?"

"주로 밤에 울긴 하는데 가끔 낮에도 울지."

그러자 아이가 몹시 못마땅한 표정을 지으며 말했다.

"그런데 그 새가 울기만 하면 왜 그렇게 추운지 모르겠어요."

그 뒤부터 그들 부부는 아주 조심스럽게 사랑을 나누었다고 한다.

집이야 타건 말건 바람아 불어라

어느 고을에 즐기기를 좋아하는 부부가 살고 있었다.

그들 부부의 음사행위가 얼마나 요란했던지 동네 사람들이 지난 밤의 일을 자세하게 알 정도였다.

어느 날 이들 부부는 대낮에 일을 시작하였는데 좀 색다르게 하기 위하여 여자의 팔을 뒤로 묶고 운우를 나누기 시작했다.

그런데 한참 열중할 때에 집에 불이 났다.

당황한 남편은 끈을 풀어줄 시간도 없고 자신도 옷입을 겨를이 없어 마누라를 안고 나무 위로 올라갔다.

마침 탁발을 다니던 스님이 불을 끄기 위해 달려와 바랑을 벗어 걸 곳을 찾다가 나무에 가지가 있는 것을 보고 그곳에 걸으니 사내의 물건 이었다.

그리고 부치던 부채는 나무 가지 옆에 웬 구멍이 보여 그곳에 꽂았다.

때마침 바람이 부니 나무 위에서 들뜬 소리가 들렸다.

"아이구 바람 참 잘 부네. 솔솔 잘 불어, 집이야 타건 말건 바람아 불어라!"

말도 말나름

김 초시는 젊은 부부를 일꾼으로 두고 농사를 짓고 있었다.

봄이 되어 일꾼 부부가 크지도 않은 밭을 가는데 여러 날이 걸려도 끝나지가 않았다.

이상히 여긴 김 초시가 밭으로 나가 보았더니, 갈아 놓은 밭이 매우 어지럽혀져 있고 밭가에 있는 나무 밑에는 나뭇잎과 풀이 마구 널려 있었다.

더욱 이상하게 여긴 김 초시는 다음 날 일꾼 부부보다 일찍 밭으로 나가 나무 위에 숨어 있었다.

얼마 후 부부가 오더니 둘다 옷을 훌렁 벗어 버리고 밭을 갈기 시작하는 것이 아닌가.

놀란 김 초시는 숨을 죽이고 구경을 하고 있었다.

밭 몇 이랑을 갈더니 여자가 '히히힝'하고 말 소리를 냈다.

그러자 남편도 '히히힝'하는 말 소리를 내더니 온 밭을 뛰어 다니며 놀았다.

그리고는 곧 나무 아래서 일을 치루기 시작했다.

집으로 돌아온 김 초시는 밤새 잠을 못이루다가 아침에 일꾼을 불렀다.

"그 동안 일하느라고 힘들었으니 오늘은 집에서 쉬게."

라고 말하고 할멈을 데리고 대신 밭갈이를 나갔다.

밭에 도착한 김 초시는 다짜고짜 옷을 훌렁 벗어 버리고 밭을 갈기 시작했다.

이를 본 할멈이 기겁을 하며 소리쳤다.

"저눔의 영감이, 말도 말나름이지."

선비도 네 발로 기면 개다

어느 고을에 한 선비가 있었는데 부모에게 효도는 잘하였으나 여색을 밝힘이 심하였다.

그 선비의 집에는 삼월이라는 얼굴이 절색인 종이 있었는데 고집이 세고 완력이 세서 마음은 간절했지만 좀처럼 기회가 오지 않았다.

어느 날 저녁 선비는 삼월이가 잠자리에 들기 전에 방으로 숨어들어 이불 속에서 홀랑 벗고 숨어 있었다.

그것도 모르고 잠자리에 들려던 삼월이는 기겁을 했지만, 이내 정신을 수습하고, 여장부답게 이불을 덜렁 들어 마당으로 내던졌다.

선비는 창피했지만 부모에게 들킬까 노심초사하며 알몸으로 살금살금 기어가기 시작했다.

때마침 아이의 똥을 뉘이려고 밖으로 나왔던 다른 여종이 그 모양을 보게 되었다.

그 여종은 얼른 꾀를 생각하여

"워리~워리!"

라고 개를 부르는 시늉을 했다.

이 소리를 들은 선비는 괘씸했지만 어쩔 수 없이 낑낑소리를 내며 계속 기어갔다.

그 후로 선비는 여색을 삼가했다고 한다.

며느리 사랑은 시아버지

시집을 온 며느리가 시부모를 처음으로 뵙기 위해 친척과 이웃 사람들이 모여선 가운데 인사를 했다.

모두가 신부가 예쁘고 복이 많게 생겼다고 칭찬을 했다.

그러나 신부가 절을 하고 앉다가 그만 방귀가 뿡하고 나왔다.

며느리가 안절부절 못하자 이를 본 시아버지가 껄껄 웃으며 큰소리로 말했다.

"허허, 우리 며느리 복도 많구나. 네 시어미가 너처럼 그렇더니 오늘까지 자손이 번창하지 무어냐."

그러자 철없는 며느리가 덧붙였다.

"아까 가마에서 내릴 때에도 방귀를 뀌었사옵니다. 아버님."

"오오, 그러냐 복 위에 복을 더하니 더욱 좋구나."

시아버지가 칭찬을 하자 며느리는 신이 나서 말했다.

"방귀를 시원하게 뀌었더니 속이 다 시원합니다."

"허허 그랬느냐, 다 네 엉덩이가 큰 탓으로 이는 생산을 많이할 상이니 복중에 복이로구나."

호랑이보다 무서운 주지

깊은 산중에 사는 호랑이가 배가 고파 마을로 내려와서 어느 집 마굿간 뒤에 숨어 기회를 엿보고 있었다.

그때 저녁이 되어 주인이 마굿간에 와서 일하는 일꾼에게

"깊은 산중에서는 호랑이와 주지가 무서우니 문 단속을 잘 하거라."

라고 일렀다.

이 말을 들은 호랑이는 백수의 왕인 자기처럼 무서운 것이 있다하니 궁금하기도 하고 겁도 났지만, 배가 워낙 고픈지라 밤이 으슥해지기를 기다렸다.

깊은 밤이 되자 호랑이는 말 한 마리를 잡아 배 불리 먹고 잠시 누워 쉬고 있었다.

이때 말을 훔치려는 도둑이 들어왔다가 가만히 마굿간을 살펴보니 커다란 말이 웅크리고 있는 것이 보였다.

도둑은 횡재라고 생각하고 재빠르게 목에 고삐를 매고 등에 올라타 힘껏 채찍질을 했다.

잠깐 잠이 들었던 호랑이는 웬 묵직한 것이 등허리에 올

라타 채찍으로 몸을 때리니 그것이 주지라는 생각이 들어 덜컥 겁이 났다.

그래서 있는 힘을 다해 달리기 시작했다.

한편, 호랑이 등에서 고삐를 쥐고 있던 도둑은 비호처럼 달리게 되자

'이거 기가 막힌 천리마를 얻었군.'

라는 생각으로 더욱 세게 채찍질을 했다.

이렇게 달리다 보니 어느덧 날이 밝아오고 있었다.

도둑은 그때서야 정신을 차리고 보니 말이 아니고 호랑이 등에 타고 있는 것이 아닌가.

정신이 혼미해진 도둑은 한참 후 정신을 차리고 주위를 살펴보니 커다란 고목나무에 난 구멍이 보였다.

도둑은 얼른 호랑이 등에서 뛰어내려 구멍 속으로 숨어 버렸다.

호랑이는 밤새도록 미친듯이 뛰어도 떨어지지 않던 주지가 저절로 떨어지니 크게 기뻐하며 긴 안도의 한숨을 내쉬었다.

그때 그곳을 지나던 곰이 호랑이가 목에 고삐를 감고 얼빠진듯이 앉아 있는 것을 보았다.

"여보게 호 선생, 무슨 일이 있는가?"

"말도 말어."

"왜?"

"지난 밤에 말 한 마리 먹고 주지란 놈을 만나 얼마나

고생을 했는지 죽지 않은 것이 다행이오."

"주지라니?"

"굉장한 놈이오. 다행히 무슨 꿍꿍이 속인지 저 나무 구멍 속으로 들어가는 바람에 살았소."

이 말을 들은 곰은 화를 벌컥 냈다.

"아니! 산중의 왕이 이게 무슨 꼴입니까. 내가 이 놈을 잡아 요절을 내겠소!"

큰 소리치며 도둑이 숨은 구멍을 바라 보았다.

'그렇지, 이 놈을 숨을 못 쉬게 하여 숨통을 끊어 버려야지.'

라는 생각으로 엉덩이로 구멍을 막고 앉았다.

도둑은 곰과 호랑이의 수작을 보고는 겁이 나서 잔뜩 웅크리고 있는데 구멍으로 커다란 곰의 불알이 대롱대롱 매달리는게 아닌가.

꾀를 낸 도둑은 허리띠를 풀어 곰의 불알을 묶어 힘껏 잡아 당겼다.

그러자 곰은 죽는다고 소리를 지르며 도망을 쳤다.

이를 본 호랑이가 하는 말.

"그것 봐, 주지란 놈이 보통이 아니라고 했잖아."

* 여기서 주지란 동물이나 사람이 아니라 상상으로 만들어낸 어떤 것이다.

공경하는 탓으로

충청도 어느 고을에 이 첨지라는 사람이 살고 있었다.

그는 집안일은 버려둔 채 기방 출입에만 몰두했다.

그래서 그의 집안에는 싸움이 그치지가 않았다.

"당신은 나이가 들어서도 어째 정신을 못차리고 아내를 박대하고 밤낮없이 기생한테만 빠져 있는 것이오?"

아내가 도끼눈을 뜨고 이 첨지에게 대들었다.

그러자 이 첨지는 근엄한 태도로 말을 했다.

"허허, 내가 언제 당신을 박대한다고 그러시오?"

"아니면 무엇이오?"

"아내인 당신으로 말하자면 현숙한 부인이라 내가 공경하고 있소."

"그래서요?"

"현숙한 부인에게 어찌 함부로 할 수가 있겠소. 그러나 기생은……."

"기생이 뭐가 어쨌다는 것이오?"

"그들은 현숙이라는 것이 손톱만치도 없으니 쉽게 친할 수 있고, 또한 사내의 구미에 맞는 온갖 기술을 부릴 줄 아니 그것을 싫어할 사내가 있겠소?"

이 말을 들은 아내는 눈이 뒤집어질 정도로 화가 나서 소리쳤다.

"내가 언제 당신한테 공경해 달라고 했소? 현숙한 부인은 밥도 굶으면서 산다더냐? 이 못된 놈아!"

신관 사또 길들이기

강원도 어느 고을에 사또가 새로 오게 되었다.

모든 고을 백성들이 신관 사또 맞을 준비를 하는 중에 관의 기생들이 모여 내기를 했다.

그것은 남자의 상징인 그것이 새로 오는 사또는 어떻게 생겼냐를 알아맞추는 것이었다.

이렇다는 사람, 저렇다는 사람 서로 떠들다가 급기야는 이방까지 가세하여 제일 먼저 알아내는 사람에게 기생이 술대접과 수청을 들기로 했다.

이윽고 사또가 오는 날 멀리까지 마중을 나간 이방은 오는 길에 갈림길을 만나게 되자 앞으로 나가 엎드려 말했다.

"사또 나으리, 잠시 길을 멈추시고 저희 고을에 대대로 내려오는 풍습을 들으시지요."

"그게 무엇이냐?"

"그것은 다름이 아니라, 이 고을에 처음오는 사람은 이 길을 지날 때 자신의 양도가 여차여차하면 이리로 가고 저차저차하면 저리로 가야지 그렇지 않으면 성황신이 노하시어 큰 재앙을 입는다는 것입니다."

"흠!"

"사또의 안위가 걱정이 되어 드리는 말씀이오니 재량하오시길 바라옵니다."

이 말을 들은 사또는 괴이한 풍습이라고 화를 냈으나 가만히 생각해보니 그로 인해 화를 당한다면 어쩔까 싶어 태도를 바꾸었다.

"나는 이 길로 가겠다."

이래서 사또의 양물은 어떻고 저떻다고 온 마을에 소문이 나게 되었다.

한편 사또는 가만히 생각해보니 아무래도 놀림을 당한것 같아 억울한 마음을 누를 길이 없었다.

'고을 백성들이 이 사실을 다 알터이니 이 수모를 무엇으로 갚으랴.'

밤새도록 곰곰히 생각한 사또는 아침이 되자 모든 관속들을 동헌에 모아놓고 추상 같은 명을 내렸다.

"오늘부터 나를 만나는 모든 사람들은 양도가 여차저차한 사람들은 섬돌위에 서고, 저차여차한 사람들은 아래로 내려서거라. 또한 관기들도 마찬가지이니 꼭 어김없이 시행토록 하여라. 나는 이리해야 어려운 송사도 잘 풀수 있느니라."

명이 내리니 모든 관속들이 그렇게 했다.

이후 다시는 기생이나 이방들이 사또를 시험하려 하지

않았고, 사또 또한 선정을 베풀어 고을을 잘 다스렸다고 한다.

집이야 타건 말건 바람아 불어라

·2007년1월10일 초판인쇄
·2011년1월20일 3쇄발행

· 저　자 : 차 영 희
· 발행자 : 김 종 진
· 발행처 : 은 광 사
· 등　록 : 제 18-71호(1997. 1. 8)
· 주　소 : 서울 중랑구 망우3동 503-11호
· 전　화 : 763-1258 / 764-1258

※잘못된 책은 교환해 드립니다.

정가 10,000원